登場人物紹介
グラジオラス
ヘリィコニア
イヴ
マユウ
リアトリス
レフト

マティアス
ウィル
ヘリオ

イヴはあっという間に僕の眼前にやってくると、シュッと短剣を振ってくる。
「フィルトの木！」
眼前にフィルトの木を実体化することで、なんとか攻撃を免れた。

最強異端の植物使い

2

福寿草真
イラスト：匈歌ハトリ

プロローグ

――私の〝特別な眼《め》〟は、これまでに様々な情景を映した。

例えば、母親に殺されそうになり、村から必死に逃げる情景。

例えば、腕に奴隷紋が描かれ、これから奴隷という立場で売られるのだろうという不安から、表情をこわばらせる私がいる情景。

例えば、小さな檻《おり》の中に閉じ込められ、小太りの貴族から、嫌な視線を向けられる情景。

――と、これら全ては、現在の私にとって、これから起こる可能性のある未来や、実際に起こった過去を俯瞰《ふかん》して視《み》た情景であり、その大半は決して喜ばしいとはいえないものである。

だから私は、それらを目にし、幾度となく絶望した。

――あぁ、私はこの世に生まれた瞬間から、一生苦しみ、そして死んでいくんだな……と。

そんな、普通の人間ならば自ら死を決断してもおかしくない数々の中、しかし私は生を諦めることはなかった。

……なぜならば、私は視たのである。

穏やかな草原の下で、柔和な笑顔を浮かべる美しい金髪の少年と、白銀色の尻尾を楽しげにゆらゆらと揺らす私、そして私の視点からは障害物ではっきりとは見えないが、そこに存在する四人の男女。その六人で楽しげに過ごす未来を。

もちろんこれは、実際に起こるわけではなく、起こる可能性のある未来である。

しかし、それでも私は、その未来を憧憬《しょうけい》した。

――だから私は今日も生きる。

これからどんなに辛《つら》いことが起ころうとも、盲目の猫獣人というハンデを背負いながらも、いつかその望む未来が訪れることを心から祈りながら。

一章　ランターナ公国　公都ユグドリア

「レフト、外見てみろ！」

ガタゴトと馬車に揺られる中、突然そんな男声が聞こえてくる。

その声に従って、僕は幌《ほろ》の一部——今回、防水布を持ち上げることで、窓のように開閉できる構造であった——を持ち上げると、外へと顔を覗《のぞ》かせた。

——僕の名前はレフト・アルストリア。

日本という世界で生きた記憶、いわゆる前世の記憶を持つというちょっと変わった経歴を持つ男爵貴族の子息である。

恩恵《ギフト》という特殊な力を誰しもが得られる世界で、僕は『植物図鑑』という特別なギフトを得た。

しかしその初期能力から、残念なギフトだとバカにされ、様々な嫌がらせや中傷を受けることになった。

その後、金を得るために冒険者になり、そこで火竜の一撃という最高の冒険者パーティーと出会った。

それから何やかんやあって、モンスターの大量侵攻——スタンピードと対峙《たいじ》することとなり、そこで僕は『植物図鑑』の真の力を披露。

結果、余計に多くの悪意に目をつけられることとなり、僕はそれらから逃げるように隣国、ランターナ公国の公都ユグドリアへと向かっているのである。

そして現在、出発からおよそ一カ月が経過した頃、遂《つい》に目的地である公都を目前にしていた。

「あれが公都ユグドリア……」

馬車の前方、開けた視界の先に、巨大な外壁が見える。

その大きさは、僕の故郷、フレイの街をゆうに超え、出身国の王都に匹敵するほどである。

ちなみにここまでの道のりを、僕一人で移動してきたわけではもちろんない。

なんと、フレイの街で出会った最高の冒険者パーティー、火竜の一撃がちょうど公都に用があるということで、彼らの馬車に相乗りさせてもらっているのである。

「レフちゃん！　凄《すご》いでしょ！」

と、ここでそんな女声が後方から聞こえてくる。

声を受け、ちらと馬車内へと視線を向けると、赤髪の美女がニコニコと人のいい笑みでこちらを見つめていた。

彼女は、火竜の一撃のパーティーメンバーである、リアトリスさん。

十六歳という年齢の割には大人びた体躯《たいく》をしているが、その見た目とは裏腹に、時折、年相応の幼さを見せてくる。絶世の美女でありながら、親しみやすさをもあわせ持つ、完璧な女性である。

「ん、さすが公都」

続いて、そんな彼女に同調するような声が、僕の腰あたりから聞こえてくる。

思わず身を乗り出した僕が馬車の外に落ちないように、すぐさま僕に抱きつき支えてくれたその少女は、シルクのような白髪と乏しい表情が特徴である、火竜の一撃の回復役のマユウさん。

儚《はかな》げな美少女という表現が適切か。作り物のような美しさを持っているが、決して近寄り難《がた》いとかはない。むしろ僕の姉を自称し、誰よりも可愛《かわい》がってくれる優しい少女である。

と、客車内へと身体を引っ込め、そんな彼女たちと会話をしつつ過ごしていると、ここで馬車が停車。その後少しして、外から会話が聞こえてくる。

……検問か何かだろうか。

しかしそれも一瞬のことで、すぐに馬車は動き出した。

途端に聞こえてくる喧騒《けんそう》。

ざわざわと、しかし心地のよいそのざわめきに、僕は再度客車の外へと顔を出す。

同時に何やら腰あたりに柔らかい感触を覚える。……なるほど、今回はリアトリスさんが支えてくれるようだ。

人通りもあるだろうと控えめに顔を出した僕の視界に、広大な街並みが広がる。僕は思わず感嘆の声を上げた。

「うわ――!」

「どうだレフト！　街の中も凄いだろ！」

と、ここで御者席から力強い声が聞こえてくる。

そちらへと視線を向けると、そこには火竜の一撃の盾役、グラジオラスさんの姿があり、馬を操りながら、こちらへと豪快な笑みを浮かべている。

「はい！　びっくりしました！」

と、そんな彼に、僕は高いテンションのままそう返事をした。

——ちなみにこの間もあらゆる場所から、火竜の一撃に向けた温かい声が聞こえてくる。キョロキョロと辺りを見回せば、中には火竜の一撃の姿を見られるとは思わなかったのか、信じられないとばかりに呆《ほう》けてしまっている人もいる。

そんな街の様子にさすが皆さんと思いつつ、僕は視線をあちこちに向ける。

やはり国が違うと店構えにも多少の差はあるのか、色々と気になる店が多く、思わずソワソワしてしまう。と、ここで御者席から、再び男声が聞こえてくる。

「観光もいいが、その前にギルドな」

グラジオラスさんの隣に座るその声の主は、ヘリオさん。火竜の一撃のリーダーで、僕が皆さんと出会うきっかけとなった人である。

僕はその声に「はい！」と返すと、再び馬車の中へと戻った。

なぜギルドへ真っ先に向かうのか。

道中に聞いたのだが、冒険者は、籍を移す際はまずギルドに行かなければならないらしい。

今回はそれともう一つ、火竜の一撃が公都を訪れた理由である重要な用事があるとのことで、僕たちはギルドへと向かう。

街に入り、ある程度進んだところで馬車を預けると、さらなる歓声の中、僕たちはギルドへ向けて歩いた。その間、やはり僕のことが気になるのか、かなりの視線が向けられるが、そこには好奇心はあれど侮蔑《ぶべつ》はない。

……よかった。大丈夫そうだ。

ホッと息を吐きつつも歩みを進めると、ここで前方に見たことのある様式の建物が見えてくる。

「ヘリオさん、もしかして……」

「おう。あれが公都の冒険者ギルドだな」

「あれが……」

建物に視線を固定しながら、思わずボーッと呆けてしまう。

しかしそれも仕方がないだろう。

なぜならば、前方に見えるその建物は、見知った様式ではあれど、その大きさは故郷のものとは比べものにならないくらいに大きいからである。

「凄い……」

「なんてったって公国一の冒険者ギルドだからな、でかいのも当然だな」

言いながら、ヘリオさんもジッと建物を見つめる。その表情からは、どこか感慨深げな様子が見てとれた。

……きっと、僕と出会う前の思い出がここにはあるんだろう。

とはいえ、それも数瞬のこと。ヘリオさんはすぐさま視線をこちらへと向ける。

「……っと。ここで止まってちゃ周りに迷惑だな。早速ギルドへ行くか」

「はい！」

言葉の後、僕たちは再度歩き出した。

そして遂にギルドの入り口が見えてくる。

入り口付近には受付嬢だろうか、制服を身に纏《まと》った一人の女性がおり、随分と丁寧に掃除をしていた。

さすが公都の冒険者ギルドだと感心しつつ、そちらへ向けて歩いていき——ここで、僕は思わず目を見開く。

「あれ？　もしかして——」

「……んぁ？　あいつは……」

ここで僕たちに気づいたのか、掃除をしていた女性——ミラさんは、ビクッとした後、バッと顔を上げ驚きに目を見開く。

「どうして皆さんが……!?」

「ミラさんがどうしてここに」

　想定外の再会に僕も驚く。火竜の一撃の皆さんは僕ほどの驚きはなかったが、それでもここでミラさんに会うのは予想外であったようで、皆等しく驚きに目を見開いている。

「ひとまず皆さんこちらへ」

　少し落ち着いた様子のミラさんがそう言ったため、僕たちは彼女の案内でギルド内へと入った。

　火竜の一撃の登場にざわつく冒険者たち。そんな彼らをよそに、僕たちは奥の個室へと向かう。

　そして室内に入った後、ミラさんにうながされて席に着く。ミラさんの対面に火竜の一撃が座り、席がないからと僕はリアトリスさんの膝の上に座ることになった。

　そんないつも通りの姿に、ミラさんは上品にクスリと笑った後、柔らかい表情のまま口を開いた。

「まずは皆さんが無事でなによりです。スタンピードの話を耳にした時は背筋が凍る思いでしたよ」

「心配かけてすまないな。まぁ、この通りピンピンしてるから大丈夫だ」

「はい。皆さんの元気な姿を見て、やっと安心できました」

　言って、ミラさんがホッと胸を撫《な》でおろす。

「……にしてもまさかミラが言ってたのがここことはな」

「奇跡の再会」

「あれ、皆さんはミラさんが街を離れているのを知っていたんですね」

　僕は思わず声を上げる。

「うん。実はね、スタンピードの前に人づてに聞いてたの。ミラさんが急用で街を離れたってね」

「本当は直接お伝えしたかったんですけど、ちょうど皆さんがいないタイミングで話がきてしまって……」

「あの、なぜ突然街を離れることに……？」

あまりにも急な話であったため、思わず僕はそう聞いてしまう。そんな僕の問いに、ミラさんは嫌な顔一つせず、優しい表情のまま答えてくれる。

「ギルドマスターの代理補佐ね」

「……爺《じい》さんに何かあったのか？」

「たいしたことではありませんよ。ただ転んで足を骨折しただけです。ただお歳もお歳ですので、お仕事はせず、今はおうちでゆっくりされているはずです」

「そうか、よかった」

言ってヘリオさんはホッと息を吐く。

「それで代理のギルドマスターが入って、ミラがその補佐？」

「なんでもここのギルドマスターとフレイの街のギルドマスターが旧知の仲のようで、ユグドリアには経験豊富な受付嬢がいないからと私に話がきたの」

「たしかにミラなら安心して補佐を任せられる」

言って、ギルドの職員とは無縁のマユウさんがあたかも自分のことのように、誇らしげに胸を張る。その姿に小さく微笑《ほほえ》んだ後、ミラさんはすぐにその表情を曇らせた。

「なんかあったのか？」

「実は——」

どうやらギルドマスターの代理が少し前に亡くなったらしい。あまりに急だったことと、ギルドマスターの仕事を理解した優秀な人物として適任ということで、なんとミラさんがギルドマスターの代理をすることになったらしい。

「おかげでフレイの街には当分戻れそうにないわ……」

そう言ってため息をついた後、ミラさんはそういえばとばかりに首を傾《かし》げる。

「……ところで皆さんはなぜここへ？」

その言葉を受け、ヘリオさんがここに来た理由を説明した。

「——そう、そんなことが。……ん、ということはここにきたのはもしかして」

「おう。察しの通り拠点を移すことを伝えにきた」

「そうでしたか！　ふふっ、またしばらく一緒ですね。よろしくお願いします」

先ほどまでとは裏腹にパッと明るい表情になったミラさんの言葉に、僕たちは口々に挨拶を返す。

その挨拶を受けたからか、満足げな表情のまま、ミラさんは口を開く。

「さて、では申請はこちらの方でやっておきますね。それで、このあとはお話にあった——」

「あー、予定的にはそうなんだが、実はもう一つ頼みがあってな」

「……？　はい」

「――レフトを火竜の一撃に加入させる。だからその申請を頼む」

「……!?」

さすがに予想外だったのか、ミラさんは驚きに目を見開く。

……今日はミラさんの表情がよく変わる日だなと思いつつ、その誰しもが驚愕《きょうがく》するような情報を耳にしても、僕はいたって平静のままであった。

というのも、実は道中にヘリオさんからこの話を聞いていたのである。当然その時はかなりビックリしたが、しかしその目的を聞いて、僕は二つ返事で加入を決めたのだ。

ミラさんは心を落ち着かせるように胸に手を当ててホッと息を吐いたあと、居ずまいを正して口を開く。

「……なるほど。それはビッグニュースですね」

「すぐに可能？」

「はい。全く問題はございませんが、火竜の一撃の専属として、念のため理由をお聞きしてもよろしいですか」

「おう。あー、もちろんレフトに将来性を感じているというのもそうだが、今はそれ以上にレフトの安全確保が主な理由だな」

「将来性……たしかにレフト君は聡明《そうめい》ですものね」

言って、ミラさんはこちらへと柔らかい視線を向ける。そんな彼女の声に、ヘリオさんはうんと軽く、リアトリスさん、マユウさん、グラジオラスさんの三人は力強く頷く。

「おう。あとは……あー、どうする？」

「ミラには話してもいいと思う」

「そうね。私も同感よ」

「俺も異論はない！」

「レフトは？」

「ミラさんなら大丈夫です」

「……？」

「んじゃ、リアトリス」

「えぇ。【箱庭】」

「うし、これで他に聞かれる心配もないと」

「知らない技ですね。もしかしてレベルが？」

「えぇ、ここに向かう道中でね」

「それはおめでとうございます！　にしても遮音の魔術でしょうか。かなり厳重ですね」

「それこそレフトの安全に関わるからな」

「安全に……」

「あぁ、実はな――」

言葉の後、ヘリオさんは僕の能力について、これまでの出来事を交えつつ、詳細に話した。その内容に、さすがに驚いたのか、ミラさんは本日数度目となる驚きの表情を見せた。

「……なるほど。確かに秘匿すべき情報ですね。しかし、今後ギフトを使わないわけにはいきませんよね」

「ええ、いずれ世間にバレることにはなるわ。情報をここでとどめているのは単なる時間稼ぎ。その間にレフちゃんと私たちの強いつながりを示しつつ、レフちゃん自身に地力をつけてもらう。あとはもう一つ予定してることがあるんだけど、それはまだすぐの話ではないし、確定もしていないから後で話すわ」

「わかりました。そういうことでしたら特に異論はありませんので、すぐに加入登録いたしますね」

その言葉を受け、リアトリスさんは【箱庭】を解除。ミラさんは書類を持ってくると、スラスラと何かを記入していく。そして数瞬ののち、ミラさんの指示に従い、僕は冒険者カードを机上の魔道具の上に置いた。

すると次の瞬間、魔道具から何やら幾何学的な模様が浮かび上がり――僕のカードに火竜の一撃の文字が刻まれた。

ミラさんが僕にカードを渡してくれる。

「これにて登録完了となります」

「わぁ、ありがとうございます！」

「レフト君なら大丈夫だと思いますが、今この時からあなたは火竜の一撃の一員となります。くれぐれもその名に泥を塗るような行動はしないように気をつけてくださいね」

「はい！」

「良いお返事ですね。今後何かわからないことや相談したいことがあれば、遠慮なく私を頼ってください。突然ギルドマスターの代理をすることにはなりましたが、今も私は登録上は皆さんの専属ですから」

「心強いです！」

目を輝かせた僕の言葉に、ミラさんはにこやかに頷いた後、その視線を僕の周囲に向ける。

「皆さんも、どうか変わらず私を頼ってくださいね」

「ん。凄く頼る」

「マユウ。加減はしてあげてね」

「……ん」

「なんか今凄く間があった！」

「そんなことない」

と、いつも通りリアトリスさんとマユウさんのじゃれ合いが始まったところで、ヘリオさんがゆっくりと立ち上がった。

「……さて、んじゃ俺たちはそろそろ行くわ」

「わかりました。書類関係は私の方で処理しておきますので」

「おう。いつも助かる。ありがとな」

「いえ、これも仕事ですから」

「だとしてもだ。ありがとうミラ。今後も頼りにしてるぜ」

ニッと力強い笑みを浮かべるヘリオさんのその言葉に、ミラさんはほんのりと頬《ほお》を赤らめながら「はい！」と声を上げた。

と、そんな傍《はた》から見たら砂糖を吐きそうになるやり取りの後、僕と火竜の一撃の皆さんは……いや、僕たち火竜の一撃は次なる目的地へと向かった。

二章　盲目の猫獣人

冒険者ギルドから歩いて十分。大きな街道を外れて少し進んだところで、古くも清潔感のある建物が現れた。

「うし、着いたぞ」

「ここが目的地……ですか？」

目的地を知らない僕は思わずそう声を上げた後、ゆっくりと建物を眺める。一見すると民家のような佇《たたず》まいである。しかし、そこがただの民家ではないことを示すように、玄関に大きな木製の看板があり、何やら文字が書かれている。

「えっと……ヘリィコニア使用人斡旋所《あっせんじょ》？」

使用人斡旋所。元の世界でいうところの派遣会社のようなものだろうか。

「行くぞ」

「あ、はい！」

皆さんの後に続いて玄関までやってくると、ここでヘリオさんが特に断りもなく玄関の戸を開けると「コニアさん、いるかー」と大きな声を上げた。

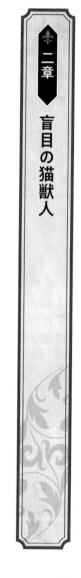

すると少しして「はいよー！」という力強い女声が聞こえてきたかと思うと、建物の奥から恰幅《かっぷく》のよい女性が現れた。

「おぉ、おお！　あんたたち！　よく来たさね！」

女性は人のよい笑顔を浮かべたまま、小走りでこちらへとやってくると、すぐにヘリオさん、グラジオラスさんと握手をしていく。

「久しぶりだな！」

「そうねぇ。何年ぶりかし……ってあらあら！　リアトリスちゃん、マユウちゃんも久しぶりさね！」

「ふふっ。コニアさんお久しぶりです」

「久しぶり」

「んまぁ、二人とも随分と別嬪《べっぴん》さんになって！　……って、あら？　そちらのお子さんは？」

と、皆さんとの再会をひとしきり喜んだあと、遂《つい》にコニアさんの視線が僕の方へ向く。僕はミラさんの言葉を胸に、きっちりとした態度で皆さんの前へ出た後、ゆっくりと口を開く。

「レフト・アルストリアと申します。このたび縁あって火竜の一撃に所属させていただくことになりました！　よろしくお願いいたします」

「あらまぁ！　ビッグニュースじゃないか！」

「ま、事情もあってのことなんだがな。……で、イヴは？」

「ちょっと待ってね。イヴー！　火竜の一撃が来たよー！」

コニアさんの言葉の後、トタトタと走り寄ってくる音が聞こえてくる。その音は次第に大きくなり、少しして音の正体が姿を現す。

「……ッ！」

その姿に僕は思わず目を見開く。――なぜならばその正体が、美しい銀髪を持つ、猫耳の少女だったからである。

……獣人だ。珍しいな。

前世の記憶にある、いわゆるファンタジー世界では、獣人はそう珍しい存在ではない。

しかしこの世界において、人間とその他の種族は別段険悪な仲ではないが、それでも住む地域は別の場合がほとんどである。特に今いる公国周辺には、獣人の住む町はなかったはずであり、故に彼女の存在は、僕の中では架空の生物と同じくらい珍しいものなのである。

年は僕と同じくらいだろうか。すらっとしたまだ成長前の体躯《たいく》に、獣人特有の耳としっぽが生えている。身長は頭部の耳を除けば、僕の方が少し高いくらいか。

首には何やら黒いチョーカーのようなものを巻いており、彼女の身体は、質はそうでもないが清潔そうな貫頭衣《かんとうい》に包まれている。

その服装でありながら、まるで寄贈の令嬢のような整った美しい容姿をしているが、なぜかずっと目を閉じている。

そんなイヴと呼ばれた少女は、こちらへと近づき……しかしすぐさまピクッと反応を示すと、シュンッとコニアさんの後ろに隠れた。コニアさんが苦笑いを浮かべ、彼女の頭を優しく撫《な》でる。

「すまないねぇ。人見知りなんだ」

そう言うコニアさんの背後に隠れたまま、イヴさんはじーっとこちらを見てくる。相変わらず目は閉じたままだが。

そんな彼女の姿にまるで猫みたいだなと思いつつ、僕はニコリと微笑《ほほえ》む。

「初対面は警戒して当然ですよ」

「まぁ！　随分とできた坊やだねぇ」

そう言った後、コニアさんはイヴさんの方へと視線を向け、口を開く。

「イヴ、とりあえず皿洗いをお願いしてもいいかい？」

「うん、わかった」

コクリと頷《うなず》いた後、イヴさんは奥へと向かっていった。

「……さて、立ち話もなんだからこっちへおいで」

そう言うコニアさんに従い、僕たちは奥へと向かう。住居というよりも宿の方が近いか、いくつか部屋がある中、僕たちはその一室へと入る。

そこはまるで会議室のようで、こぢんまりとした部屋の中央に大きな机があり、その周りを囲むようにいくつか椅子が並んでいる。

僕たちはそれぞれ席に着き——まるでそれを見計らったように、部屋のドアをノックする音が聞こえてくる。

「入っていいよ」

コニアさんの声の後「失礼いたします」と聞こえてくる。そしてドアが開くと、そこにはお茶を持った美女の姿があった。リアトリスさんよりも少し年上くらいか。イヴさんと同じ丈夫そうな貫頭衣に身を包み、首にはチョーカーのようなものを巻いている。

そんな美女の姿を目にして、リアトリスさんがすぐさま立ち上がった。

「ミサさん!」

「リアトリスちゃん久しぶりね」

にこりと微笑むミサと呼ばれた美女。どうやら皆さんとは面識があるようで、続くように皆さんが口々に再会の挨拶をした。

久しぶりの再会だったこともあってか、彼女たちはひとしきり会話をし、喜び合い、僕の紹介まで済んだところで、これ以上は邪魔になると思ったのか、ミサさんは美しいお辞儀をすると部屋を出ていった。

その後はコニアさんと僕たちによる世間話が始まった。そして少しして、コニアさんが一口お茶を飲むと、先ほどまでとは打って変わって真剣な表情を浮かべる。

「さて、そろそろ本題に入ろうかね」

「っとそうだな」

「さすがにこれ以上はな！」

皆さんが口々にそう言う中、コニアさんの視線がこちらを向く。

「おっと、難しい話になるからレフト君には一度席を外してもらうかね？」

幼い僕を思ってのコニアさんの言葉に、ヘリオさんはさも当然とばかりに声を上げる。

「いや、レフトにも聞いてもらおう」

「少しショッキングな話になるさね」

僕の方を向いたコニアさんが心配そうに眉根を寄せる。僕は堂々とした姿のまま、ニコリと微笑む。

「大丈夫です。お願いします」

コニアさんは皆さんへ順に視線を向ける。しかしその誰もが大丈夫という顔だったためか、彼女はそれならばと口を開く。

「さてと、何から話そうかねぇ」

「あの、先にひとつお聞きしたいのですが、使用人斡旋所ってどのような施設なんですか？」

「……そうさね。そこから話そうかね」

何やら重い表情を浮かべたまま、コニアさんは言葉を続ける。

「今の口ぶりから、レフト君は王国の人間なのかね。そんなあんたからしたらよりつらい話かもしれないさね」

　思わず眉をひそめる僕の目をしっかりと見ながら、コニアさんは再度口を開く。

「簡単に言うとね、うちは人身売買をしている施設さね」

「……えっ」

　てっきりお手伝いさんを派遣する仕事だと思っていた僕は、まさかの話に言葉を失う。

「……奴隷という言葉を知っているかい？」

「は、はい。言葉だけなら」

「この国ではそういった奴隷の売買が合法になっているし、当たり前に行われている。あたしは奴隷という言葉が嫌いでね、奴隷商館ではなく使用人斡旋所を名乗っているけど、その実態は大して変わらないさね」

「てことは先ほどのイヴさんやミサさんは――」

「うちでは使用人と呼んでいるが、世間的には奴隷という立場で、売買の対象さね」

　……人の売買って、そんな……。

　この国には奴隷という立場があり、実際に人身売買が行われているという事実に、また先ほど顔を合わせたイヴさんやミサさんがそんな売買の対象になっているという事実に、僕は強いショックを覚える。

　それが表情に出たのか、こちらを心配そうに窺《うかが》う皆さん。しかし一度聞くと決めた以上、ここで話を止めるわけにはいかないため、僕はコニアさんに「続きをお願いします」と伝える。

「……あたしは使用人斡旋所として、彼女たちを販売している。ただうちでは、売る相手は、あたしと対象の子が納得する相手に限っている」

一拍置いて、コニアさんは話を続ける。

「……イヴは世にも珍しい獣人さね。それに見た目も特別良い。だからあの子を買おうとした人はこれまでたくさんいた。けど、結局あたしが納得できる人はほとんどいなかったし、あの子が一緒にいたいと思う相手もいなかった。……まぁ、ここまではいつものことさね」

ここでコニアさんが一度フーと息を吐く。そして何かあるのか、先ほどよりも険しい表情を浮かべると、再び口を開く。

「……あんたたちは王国にいたから知らないと思うけどね、最近この街の奴隷商館で奴隷を買い漁《あさ》っている女がいるさね。妙齢の美人でね、ただそんな奴隷を買い漁る必要があるようには見えない……。さすがに不審に思った人がいたようでね、調査をしたところ、その女が貴族の屋敷に入っていく姿を何度も見たというのさ」

「……貴族か」

「しかもその屋敷はルートエンド子爵家のもの」

「ルートエンド家か。まぁ、いい噂《うわさ》は聞かねぇな」

「それだけじゃないさね。実はその女の噂を聞くようになってから民間の少女が行方不明になる事件が増えててね」

「なるほどな。直接関連があるとは断定できねぇが、怪しいのは間違いないな」

「――ここからが本題でね。つい先日、その女がうちにやってきてイヴを欲しがったのさ。もちろん断ったけど、あの女の目……どうも諦めているようには見えないさね」

「……そんなことが」

「……あたしはイヴが、あの子たちが心配でね。女は今も奴隷を買い漁っている。良からぬことに奴隷を使っているんじゃないか、このままではいずれあの子たちも……。考えれば考えるほど辛《つら》いことしか頭に浮かばなくなるさね。公国騎士団にも話を持っていってね、見回りをする騎士の数は増えたけど、女の動きは依然変わらないまま。それがまた不気味で……だから今回、身近で力のある存在として火竜の一撃に、あんたたちに声を掛けたさね」

コニアさんの話により、重苦しくなる空気。しかし、そんな空気を吹き飛ばすように、コニアさんがニッと口角を上げながら声を上げる。

「今一番危険なのはイヴ。そんな彼女をあんたたちが買ってくれれば安心なんだけどねぇ」

「前も言っただろ？　それは難しいって」

「その子は、レフト君はどうなんだい？　見た目からしてイヴとそう変わらないだろう？」

「レフトもまだ一人で行動はさせていない」

「なら、イヴと立場は同じなんじゃないかい？」

「……あんま言いたくないが、イヴは盲目だろ。だからある程度自衛できるレフトとは違って、どうしても気にかけなくちゃならねぇことが多くなる」

「ふーんそうかい。まあ無理にとは言わないさね」

「まぁ、とはいっても安全を確保する必要があるのは間違いねぇ。それはイヴだけに限らず他の娘たちも含めてな。だからひとまずいざという時の移動手段を持つリアトリスを斡旋所に常駐させる。そしてその間に、俺たちは火竜の一撃の帰還の報告、レフトの紹介、今回の件への協力を仰ぐために挨拶回りをしてくる。んで明後日あたりに、可能ならイヴの休息も兼ねて俺たちが外へと連れていこう」

「本当に助かるさね。あんたたちありがとうね」

言って、コニアさんは頭を下げる。

「いや、俺らにとってここのみんなは見知った仲だからな。できることなら力になりたいと思っただけだ」

ヘリオさんの言葉に、そんな彼の言葉に迷わず頷く皆さんの姿に、コニアさんは微笑んだ後、目を瞑《つむ》り両手を胸の前で組むと、唱えるように声を上げた。

「トゥレ・イース・ユー」

「……？」

「神に祝福を祈る異国のおまじないさね。どうしようもなくなった時や、相手に気をつけてほしい時に言う言葉さ」

そんな彼女の言葉の後、僕たちはリアトリスさんを残し、斡旋所の外へと出た。

その後、僕たちは数件挨拶回りを行った。青果店や精肉店から冒険者まで、幅広い人脈にさすがと思いながら、僕はヘリオさんの後ろを歩く。ちなみにグラジオラスさんとマユウさんはそれぞれ個別の知人の元へ行っており、現在僕たちは二人きりである。

そのまま次の目的地へ向かって歩いていると、ここで不意にヘリオさんが口を開く。

「……確かにレフトからすりゃ、奴隷制度はショックな内容かもな」

どうやら先ほどから僕の表情が優れないことを察してくれたようである。

「はい。まさか合法に人身売買を行っている国があるなんて知りませんでした」

「……人身売買か。確かに聞こえは悪いし、実際違法に行われているそれらの中には悪辣《あくらつ》なものもある。けどな、現代の奴隷制度はそこまで悪いものじゃねぇんだ」

一拍置き、ヘリオさんは口を開く。

「奴隷を売る側も買う側もガチガチの制約で縛られるから、非人道的な扱いを受けることは基本ねぇ。それに売買の対象は育てる人がいなくなった子が多いからむしろ奴隷になった方が人並みの生活ができる場合が多いんだ」

「……」

それでも変わらず眉をひそめる僕に、ヘリオさんはちらとこちらを見た後、話を続ける。

「まぁ、身近にそういう存在がなきゃ納得できねぇのも無理はねぇな。とはいえ、これはこの国の常識なんだ。納得はせずとも、理解はしてほしい。特に誰よりも彼女たちの幸せを願い、活動しているコニアさんのことはな」

……確かにそう簡単に納得できるものではない。とはいえそれも仕方がないだろう。ヘリオさんからすれば僕はこちらに来て十年しか生きていない存在かもしれないが、実際は前世を入れれば、数十年もの間生きているのである。そんなこと簡単に納得できるものではない。

……けど、理解はした。

納得できない。でもこれがこの国にとっては常識で、実際この制度で救われている存在がいるというのであれば理解するほかないだろう。

そう思い、僕がヘリオさんの言葉にうんと頷くと、ヘリオさんはそんな僕の頭をポンポンとした。

その後も、僕たちは再び挨拶回りを続けた。そして粗方回ったところで宿に帰着。そのまま泥のように眠り、翌日。

この日も挨拶回りをするということで、僕はヘリオさんたちと共に複数の人の元を尋ねた。さすがに短くない月日が経過していることで、すでに目的の相手がおらず、空き家になっていることもあったが、それでもかなりの人と顔を合わせることができた。

そして経過すること数時間。ここでヘリオさんが口を開く。

「次が最後だな」

その言葉の後、僕たちが向かった先は、どでかい屋敷の前であった。僕の実家ほどではないがそれでもかなり大きい屋敷であるため、もしかして貴族の家……？　などと考えていると、ヘリオさんがトントンと扉をノックした。

その後、少しして「はーい」という柔らかい女声と、トタトタという足音が聞こえてくる。

……あれ？　この声って……。

まさかと思いつつ待っていると、ここで屋敷の扉が開き——

「あ、みんな久しぶり〜」

という緩い声と共に、緑髪の美女——ウィルさんがひょこりと顔を出した。

ということはつまり……。

僕の内心を察したのか、グラジオラスさんは豪快に笑いながら声を上げた。

「ガハハ！　そう！　ここは公国ナンバーワンパーティー、夜凪《よなぎ》ノ白刃《はくじん》の住居兼事務所だ！」

三章　夜凪ノ白刃

ウィルさんに連れられ、僕たちは屋敷の中へと入った。

玄関を抜けた先には、広々としたリビングが広がっていた。大きなテーブルに、フカフカと柔らかそうなソファなど、生活感の感じられる家具が視界に映っている。

しかし、きょろきょろと辺りを見回しても、ウィルさん以外の姿はない。

「ん、みんなは？」

「実はちょうどみんな出かけてるんだ～ひとりを除いてね～」

そう言って、ウィルさんは部屋の隅にあるソファへと視線を向ける。僕たちもつられるようにそちらへ向く。しかし、そこにはただソファが置かれているだけで、その周辺には一切人の姿がない。

「……何もないですよね？」

まさか幽霊か何かなの⁉　と、若干ビビりながらそう声を上げると、グラジオラスさんがいつものように豪快に笑った。

「ガハハ！　確かにレフトにはそう見えるかもな！」

「どういう……って！　うわ！」

と、ここで突然グラジオラスさんが僕を持ち上げた。そして軽々と肩に乗せた後、先ほどのソファがある場所を指差す。

僕は疑問に思いながらもそちらへと視線を向けると――ソファの後方にある狭い隙間《すきま》、そこに人影があることに気がついた。

「えっ⁉　大丈夫なんですか⁉」

かなり狭そうな空間であったため驚きの声を上げる僕に、マユウさんがこちらを見上げ微笑《ほほえ》む。

「大丈夫。どうせいつものやつ」

「いつもの……？」

僕が再び疑問に思っていると、ウィルさんがゆっくりとソファの方へと向かっていき、風の力でソファを浮かせた。

ゆっくりとソファが持ち上がっていき、段々とその後ろ側に光が差していく。そして遂《つい》にソファが完全に浮き上がった時、そこには体育座りをして俯《うつむ》く青年の姿があった。

そんな青年に視線を向けながら、ウィルさんがぷくりと頬《ほお》を膨らませる。

「ランプ！　お客さんだよ！」

「……ひっ！　あっ……」

ランプと呼ばれた青年は、ソファを持ち上げられたことで突然光を浴びたからか、ビクリとして顔を上げた後、ウィルさん、僕たちの順に視線を向け――その視線をすぐさま元の位置に戻した。

「挨拶しなきゃだめだよ！」

ぷりぷりと可愛《かわい》らしく怒っているウィルさん。その声に反応して、ランプさんは再び僕たちの方へと視線を向けると、なんとも頼りない笑みを浮かべる。

「か、火竜の一撃のみんなか。ひ、久しぶりだね」

「久しぶり。にしてもお前の方は相変わらずだな」

「は、ははは。そ、そうだね。前と変わらない……変わらない……」

今の会話で何があったのか、突然ズーンと落ち込むランプさん。

人見知りなのか、落ち込みやすいのか、詳しいことはわからないが、確実に言えることは随分と変わった人のようである。

その姿を見た後、ウィルさんは浮かせていたソファを元の位置に戻した。

そして何事もなかったかのように、こちらへとニコニコと柔らかい視線を向けてくる。

その姿に僕は「えっ」と思ったが、どうやら火竜の一撃の皆さんにとってはこれが日常のようで、平静のまま会話を始めた。

「あー、どうせなら全員に挨拶しようと思ったんだが……この様子だと今日は帰ってこない感じか？」

「うーん、フィリたんとローちゃんは依頼だから無理だけど、マティはそろそろだと思うよ～」

「あいつも依頼か？」

「ううん、違うよ〜。いつもの」

「あーなるほど。相変わらずだな」

「……？」

「見ればわかるから安心して」

「……お！　噂《うわさ》をすれば帰ってきたようだぞ！」

グラジオラスさん言葉の後、何やら足音のようなものが外から聞こえてくる。

……ん？　足音にしてはなんか音が重いような。

そんな僕の疑問は正しく、先ほどまでの足音は次第にドンドンという大きな音へと変わっていく。

そして数瞬の後、ドーンというひと際大きな音が響いた後、玄関の扉が開き――

「……え⁉」

眼《め》を見開く僕の視界には、全身が血まみれの状態で満面の笑みを浮かべる、美しい青年の姿と、その後方に置かれた巨大な魔物の亡骸《なきがら》が映った。


「ただいま！」と元気よく声を上げた後、金髪の青年の視線は火竜の一撃の皆さんをとらえたのか、その表情を爛々《らんらん》とより明るいものへと変えた。

「……っとおお!? 火竜の一撃じゃないか！ 久しぶりだね！」

「久しぶりだな、マティアス」

「ふふ、聞いたよ。ランクAになったんだってね！ おめでとう！」

「おう、ありがと。まぁ、お前の記録には届かなかったけどな」

ヘリオさんが言ってニッと笑うと、マティアスと呼ばれた青年はその裏表の感じられないさわやかな笑顔のまま、口を開く。

「ははは っ。僕は運が良かっただけさ！」

「相変わらずだな！ マティアスは！」

「グラジオラス。そういう君も相変わらずの筋肉だな！」

「まぁな！ これが俺の生命線だからな！」

言いながらグラジオラスさんとマティアスさんが笑い合う。

そして今度はマユウさんの方へと視線を向けると、久しぶりの再会を喜び合う。と、そんなこんなで火竜の一撃の皆さんとマティアスさんがある程度会話したところで、遂に彼の視線が僕の方へと向き――ここでマティアスさんが何かに驚くように大きく目を見開いた。

「っと……お、君は――!?」

言葉と同時に、彼は僕の元へとやってくると、驚くほど素早く僕の手を握ってくる。それにより僕の手に血がべっとりと付くが、しかし彼は一切それには気がつかず、にこやかな笑みを向けてくる。

「あぁ、やっと会えた！」

「どういう……」

その言葉の意味がわからず、僕は眉根を寄せる。そんな僕へ、マティアスさんはニヤリと意味深な笑顔を向けてくる。そのなんでも見通していそうな視線に、僕は嫌な予感を覚える。

……この視線——まさか、僕の正体に気づいて——

「あー、大声出してごめん。実は、君のことはウィルから色々聞いていてね。ずっと会いたいと思っていたんだ！」

「もちろん、言っちゃダメなことは言ってないから、安心してね～」

マティアスさんの言葉の後、ウィルさんが僕の耳元でそう囁《ささや》く。

……あー、なんだ。びっくりしたぁ。

その二人の声を受け、僕は思わず安堵《あんど》の息を吐いた。

そんな僕の内心には一切気がつかない様子で、マティアスさんは改まって僕に声を掛けてくる。

「さて、とりあえず自己紹介といこうか。俺はマティアス・カーディナリア。ギフト『勇者ノ証《あかし》』を持つ、今代の勇者だ。よろしく！」

「レフト・アルストリアです。よろしくお願いします。……あ、あの、勇者って……？」

王国にいた時、リアトリスさんたちから公国の勇者の名は聞いていた。しかし、実際にそれがどういうものかは詳しく知らなかったため、僕はこの際だからとそう問うてみた。

マティアスさんは先ほどまでとは打って変わって、その表情を真剣なものへと変える。

「曰《いわ》く、この世の災いから世界を救う者。現に、勇者が生まれた時代には、何かしら大きな災いが起こっている。そしておそらく今は――」

「魔王の復活」

「……ッ！」

「そう。おそらく俺は、その魔王から人族を救うために、『勇者ノ証』を持ってこの世に生を受けた」

「魔王の復活か。ってことはウィルからおおよその話は聞いているんだな」

「あぁ、もちろんだよ。『勇者ノ証』の存在に、十英雄の昔話。極めつけが今回の魔族の出現だ。魔王という存在に辿《たど》り着くのもそう難しい話ではない」

そう言いながら難しい顔をするマティアスさんであったが、少しして表情を柔らかいものへと変える。

「……さて。これ以上玄関で長話もあれだし、どうだい？　久しぶりに一杯でも」

「そうしたいところだが、悪いな」

「……何かあったかい？」

マティアスさんの問いに、ヘリオさんは神妙に頷《うなず》く。それを受けて、マティアスさんは「中で聞こうか」と言うと、屋敷の中へと入っていった。――全身を真っ赤な血液に染めたまま。

「……マティ、とりあえずお風呂」

「は、はい」

……どうやらこの屋敷ではウィルさんの方が強いようだ。


マティアスさんが身なりを整えた後、僕たちは席に着き、コニアさんから聞いた今回の件についてマティアスさん、ウィルさんと、彼女に無理やり連れてこられたランプさんに伝えた。その話に、彼らは憤りを覚えた様子であり、その反応を見て、ウィルさんやマティアスさんだけではなく、ランプさんも含めて皆さんとても優しいなと強く思えた。

その後の会話の中で、今はいない二人も含め、協力すると彼らは言ってくれた。

しかし、どうやら明日から重要な依頼で数週間街を離れなければならないという。

すぐに協力を仰げないのは少し残念ではあるが、それでも依頼を早急に終わらせ、帰ってきてから手伝ってくれるという言葉を貰《もら》えただけでも凄《すご》く心強かった。

こうしてイヴさんの一件について粗方会話を終えると、少し名残惜しく思いながらも、僕たちは宿へと戻った。

四章　公都と遭遇

そして翌日。僕たちは、前回の訪問の中で約束していた、イヴさんとのお出かけをすることにした。宿を出て、斡旋所《あっせんじょ》へと向かう。前回同様にヘリオさんがノックすることなく玄関の戸を開けると、到着したことを大声で告げる。

すると眼前の扉が開き、僕たちを迎えてくれる一人の女性。——以前、僕たちにお茶を持ってきてくれた美女、ミサさんである。

首にはイヴさん同様使用人であることを示す黒いチョーカーを巻いており、ちょうど家事をしていたのか、貫頭衣《かんとうい》の上にはエプロンのようなものをかけている。

ミサさんは僕たちの姿を見てパッと表情を明るくすると、笑顔で声を掛けてくれる。

その後、前回同様軽く挨拶をしたあと、コニアさんが買い物に行っていて留守ということで、ミサさんがイヴさんを連れてきてくれる。

イヴさんは火竜の一撃の皆さんの姿を認知したのか、パッと表情を明るくすると、トテトテと駆け寄ってくる。しかし、ここで今度は僕の存在を認知したのか、ピクピクと頭部の耳を動かすと、すぐさまミサさんの背に隠れた。——どうやらまだまだ駄目みたいだ。

僕はその様子に苦笑いを浮かべつつ、改めて彼女の姿を見る。

……本当に盲目なんだな。

以前の訪問の際にヘリオさんがチラと話し、その後に宿で詳しく聞いたのだが、彼女は生まれた時から盲目であり、光を知らないようである。

それは普通の生活を送るにはあまりにも辛《つら》く苦しいことかと思うが、現状の彼女の姿からは、そこまで生活に支障をきたしているようには見えない。

というのも、どうやら彼女は猫の獣人であり、かつ生まれた瞬間から盲目であったため、盲目であるが故のデメリットを、圧倒的な身体能力と、鋭い聴力で無意識のうちに補っているようなのである。

実際に共に行動すればわかるようだが、普通に生活する姿を見ても、彼女が盲目というハンデを負っているようには見えないとのことだ。

僕は彼女の姿を見て、改めて獣人と人の差を感じながら、相変わらずミサさんの背に隠れているイヴさんに声を掛けた。

「イヴさん」

びくりと身体を震わせるイヴさん。

「初めまして、僕はレフト・アルストリア。つい先日、火竜の一撃の新メンバーになった者です。現在十歳なので、もしかしたらイヴさんと同年代かもしれません。まだ会ったばかりなので、何もわからず怖いかもしれませんが、どうぞ仲良くしてください」

「レフト、かたい」

緊張からかいつも以上に硬い口調になってしまったのを、ジト目のマユウさんに指摘される。全くその通りだと思ったため、僕はハハハと苦笑いを浮かべる。

そんな僕へイヴさんはじっと視線を向けたあと、その愛らしい口を小さく開く。

「あの、イヴ……です。十一歳です。……よろしくお願いします」

……あ、年上だったんだ。

驚く僕をよそに、マユウさんが相変わらずのジト目のまま口を開く。

「なんか妬《や》ける」

「ガハハ！　顔合わせのような初々しさだな！」

二人の言葉に、僕とイヴさんは頬《ほお》を赤くし——こうしてなんとも言えない空気になった後、洗濯の手伝いをしていたリアトリスさんが戻ってくると、僕たちは街へと向かった。


幹旋所を出た後、僕たちは少し歩き、街の中心へとやってきた。

現在、イヴさんはリアトリスさん、マユウさんと手をつないで歩いており、その後方を僕とヘリオさんが並んで歩いている。ちなみにグラジオラスさんは他の少女たちと共に斡旋所でお留守番である。

僕の前を歩くイヴさんは、先ほどのやり取りで多少緊張がほぐれたのか、僕の存在が近くにあっても隠れたりせず、むしろ楽しげに小さく鼻歌を歌っている。

……これなら少しは気分転換になってるのかな？

と、そんなことを考えながら、僕たちはいくつかのお店を巡った。

そのたびに火竜の一撃の登場に驚かれ、僕とイヴさんの存在を不思議がられたりしたが、しかしこれといって特にトラブルなく、楽しい時間を過ごすことができた。

そんなこんなで時間が経過し、夕方。辺りが少し薄暗くなってきたので、最後に夕食にしようと考えながら歩いていると——

「……ッ！」

ここで突然、先ほどまで楽しげだったイヴさんがびくりと肩を震わせた。突然の事態に僕たちが訳がわからず困惑していると、前方から「あら……？」という、妖艶《ようえん》な女性の声が聞こえてくる。

唐突に聞こえてきたその声に、バッとそちらへ視線を向けると、そこには妙齢の美しい女性の姿があった。まったくもって面識のない人物である。

「あら、イヴじゃない。それに——」

女性は知り合いかのようにイヴさんの名を呼ぶと、その視線を僕たちの方へと向けてくる。

「火竜の一撃……ねぇ。なーに、あなた買われたの？」

言って、女はニコリと妖艶な笑みを浮かべると、再度イヴさんへと視線を向ける。

ヒッと小さく悲鳴を上げるイヴさん。

彼女の怯《おび》えた様子から、この人が例の奴隷を買い漁《あさ》っている女性だと確信した。それは皆さんも同様であったようで、僕、マユウさん、リアトリスさんはすぐさま彼女を背に隠す。そしてそんな僕たちの前にヘリオさんが出ると、警戒心を前面に出しながら口を開いた。

「それが何かあんたに関係あんのか？」

「いーえ、ただ私はこの子を狙っていたから、買えないとなると少し残念だなとそう思っただけよ」

女性はそう言うと、小さくため息をつき「ほんと、残念」と呟《つぶや》くように声を漏らす。

なおも警戒する僕たちに、しかし女性はその表情をあっけらかんとしたものに変える。

「まぁいいわ。……どうぞお幸せに。じゃ、さよなら」

女性はそう言うと、それ以上僕たちに絡むことはなく、あっさりとこの場を離れていった。

ジッとその姿を目で追う僕。そして遂《つい》にその姿が見えなくなった時、僕は張り詰めていた空気をほぐすようにフーと息を吐いた。

「……行っちゃいましたね」

「……あぁ」

「例の女性……ですよね？」

「イヴの様子から恐らくな」

「会話を聞く限りでは悪い人のようには思えないですが――」

「なんか言いようのない不気味さがあるわね」

リアトリスさんの言葉に、僕は頷《うなず》く。

「はい」

「俺たちのことは知っていたみたいだが、それでも慌てた様子はなかった。実際に悪い人じゃねぇならなんとも思わねぇが、もしもまだイヴのことを狙っているのなら……あの冷静な様子がなんとも不気味だな」

「ですね」

頷き、ここで僕は怯えた様子のイヴさんへと視線を向けた後、再度口を開く。

「とりあえずイヴさんもこれ以上お出かけをする気分ではないでしょうし、一度コニアさんの元へ戻った方がいいかもしれませんね」

「ん。それがいい」

僕の言葉に、マユウさんが頷いたところで、怯えていたイヴさんが、唐突に言葉を漏らす。

「……あの、ごめんなさい」

「いや、イヴが謝ることじゃねぇよ。それよりも今回の遭遇を想定していなかった俺たちの責任だ。悪かったな」

「そんな！　皆さんは悪くないです。……あの、今日は本当に楽しかったんです。だから、できればまた連れてきてほしいです」

「そうね。まずは今回の件を解決して、その後にたくさん出かけましょ！」

「はい！」

イヴさんの表情が、先ほどよりも明るいものになった。そのことに僕は少し安心してホッと小さく息を吐くと、皆さんと共に斡旋所へと戻った。


斡旋所へ到着後、イヴさんはミサさんに連れられて家事をしに向かった。

その姿を見送った後、会議室に集まり、今回の件をコニアさんとグラジオラスさんに伝えた。二人は話を聞いて難しい表情になる。

「今回の件で白ってことはねぇよな？」

「さすがにない。もちろん可能性はゼロではないけど、いまだ疑わしいのは間違いない」

「ならあの余裕はなんだ？」

ヘリオさんの言葉の通り、僕たちがイヴさんと共にいても、女性は特に焦った様子はなかった。

彼女が何かしらの理由でイヴさんを狙っているのであれば、その側《そば》に火竜の一撃がいるという状況は好ましいものではないはずだ。――しかし、あの余裕である。

と、女性のあまりの平静さを疑問に思っていると、ここでマユウさんが首を傾《かし》げた。

「仮に彼女を悪とするのなら、単純に私たちよりも高い戦力を保有している……？」

マユウさんの言葉に、ヘリオさんが眉をひそめる。

「そんなことありえるか？　驕《おご》るつもりはないが、俺たちが集まっていようと問題ないほど高い戦力なんて、そう簡単に集められるもんじゃねぇぞ？」

「ん。私たち全員が集まっても敵《かな》わない人族は、私の知る限りほとんど存在しない」

「確かに人族ならいないですよね。でも……」

「――そう、魔族含め、他種族が絡んでくるとなれば話は変わる」

「魔族……」

その単語を聞き、リアトリスさんの表情に影が差す。

きっと思い起こしているのは、王国で遭遇した女魔族、リリィの存在だろう。

たしかに魔族含めた他種族、それもリリィレベルの戦力が関わっているのであれば、イヴさんを取り巻く今回の件は、想像以上に難しいものになるのは間違いない。

「……」

あの絶望を思い出し、僕たちは思わず無言になってしまう。そんな僕たちの表情を見て、コニアさんも不安げに眉根を寄せる。

と、会議室の空気が重苦しくなってきたところで、そんな空気を一新しようと思ったのか、ここでヘリオさんがパンッと手を叩《たた》いた後、声を上げる。

「俺たち以上の戦力の存在。これが関わってこようがこなかろうが、俺たちができることは変わらねぇ。まず、今はリアトリスだけがここに泊まっているが、今日から問題が解決するまでは、俺たち全員がここに住むことにしようぜ。コニアさん、大丈夫そうか？」

「そうねぇ。部屋に空きはあるし、あたしからすれば願ってもないことさね」

「うし、んじゃとりあえずこれで物理的に斡旋所の戦力を上げることができた。あとは、一番危険が高いイヴの側には、必ず誰かがいるようにしようぜ」

僕たちは頷き、ヘリオさんは言葉を続ける。

「あとはそうだな、挨拶回りしたところに協力を頼んでいくとして……あぁ、とりあえずミラに話を持っていって、高ランク冒険者の協力を仰げないか確認するのもありだな。あとは――」

「そういえば、レフちゃんのお兄さんがこの街で騎士をやっているのよね？」

「はい。確か今は一番隊の隊長をしていたはずです」

「なら、お兄さんに話をつけてもらって、今以上の協力をお願いすることってできるかな？」

「うーん、どこまで動けるかがわからないのでなんとも言えませんが、ひとまず話はしてみます！」

「ありがと、レフちゃん！」

「ありがとねぇ、レフト君」

「いえ。まだ結果どうなるかはわからないので……」

「ま、とりあえずやることは決まったな。んじゃ早速で悪いが、レフト。騎士団へ行くぞ」

「はい！」

こうして、善は急げと僕とヘリオさんの二人は、騎士団の本部へと向かった。

騎士団の受付に行って、用件を簡潔に話したところ、ヘリオさんと僕の名前の力か、簡単に話を通すことができた。

しかし、なんともタイミングの悪いことに、兄様と騎士団長は公務により街を離れているとのことであった。

とはいえ、そのままま後日、とはならず、兄様たちの代わりとして三番隊の隊長さんが対応をしてくれた。

ダンディなおじさんである隊長に今回の件を話したところ、隊長はなんとも言えない表情になった。というのも、別の事件でルートエンド家の名前が上がり、家宅捜査を行ったらしいが、証拠となり得るものが一つとしてなかったらしい。

彼らにとっても公務であるため、これといった証拠もなくこれ以上の強硬策を取ることはできず、現状は情報を探ったり、街を見回る騎士の数を増やすといった対応しかできていないとのことである。

そんな騎士団に対しヘリオさんは、自分たちの方でも証拠を探るので、証拠が見つかった際は騎士団にも協力してほしいと頼んだ。三番隊の隊長は、ヘリオさんの言葉に大仰に頷き、証拠が見つかった際の協力と、見回りの強化を約束してくれた。

こうしてひとまず騎士団の協力を得ることができた僕たちは、再び情報を共有すべく斡旋所へと戻った。

五章　少女たちとの交流

騎士団から戻った僕たちは、早速先ほどの会話内容をコニアさんたちに共有することにした。

しかしどうせ内容を伝えるだけであり、そこに二人も必要ないとのことで、僕はイヴさんや他の少女たちとの親睦を深めることも目的の一つとして、彼女たちと共に別室で待機することになった。

現在広めの部屋には僕含めて十二人おり、僕以外の十一人は斡旋《あっせん》所の使用人である少女たちである。年齢は僕より年下に見える子から、二十歳前後に見えるミサさんまで様々である。

しかしその誰もが美少女と呼べる存在であり、そんな彼女たちの中に男一人の状況は、なんとも言えない緊張感があった。

とはいえずっと無言というわけにもいかず、何よりもこの場は彼女たちと親交を深めるためでもあるため、僕は入室してすぐに恐らく最年長であろうミサさんに声を掛けた。

「ミサさん、とりあえず皆さんに自己紹介をしてもよろしいでしょうか」

「うん、お願いしてもいいかな？」

「はい！」

大半は好奇心だろうか、様々な色の視線が、僕へと突き刺さる。

そんな中、僕は彼女たちの方を向くと、はっきりとした声で名乗った。

「突然お邪魔してしまって、ごめんなさい。僕はレフト・アルストリア。つい先日、火竜の一撃のメンバーになった新人冒険者です」

火竜の一撃の名はやはり皆知っているようで、僕の言葉に驚愕《きょうがく》の表情を浮かべている。

と、ここでミサさんがそれとは別種の驚きに目を見開くと、申し訳なさげに声を上げる。

「えっ……！　レフトく……レフト様はお貴族様だったのですか⁉　あの、タメ口を使ってしまい申し訳ございません」

言って、ミサさんが大きく頭を下げた。僕は慌てて声を上げる。

「あっ、ミサさん顔を上げてください！　たしかに僕は貴族ですが、今は火竜の一撃の皆さんと行動をしているだけの、ただの冒険者です！　だから今まで通り接してください！」

「ほ、本当に大丈夫ですか？」

「はい！　タメ口で全然大丈夫……というよりもむしろそうやって崩した口調で話しかけていただいた方が嬉《うれ》しいです！」

「な、なら、レフト……くん」

「はい！」

満面の笑みを浮かべる僕を見て、ミサさんはホッとした表情になると、柔らかく微笑《ほほえ》んでくれた。

と、そんな僕たちのやり取りを見てか、ここで僕よりも年下に見える少女が声を掛けてくる。

「れふとさま？」

「レフトくんの方が嬉しいな」

「れふとくん？」

「うん、よろしくね」

言って僕がニコリと微笑むと、少女はボーッと僕のことを見つめた後、ニッと笑顔を返してくれる。そしてこのことで先ほどまでの緊張がなくなったのか、続けて口を開く。

「れふとくん、あのね」

「どうしたのかな？」

「りゅーちゃんね、おおきくなったられふとくんのおよめさんになる」

「えっ⁉」

あまりにも突然すぎる告白に、僕は思わず驚愕の声を上げる。そんな僕の様子に、何か感じるものがあったのか、少女は瞳をウルウルとさせると、小さく首を傾《かし》げた。

「だめ……？」

「いや、ダメじゃないよ！」

「なら……いい？」

「えっとね、りゅーちゃんも僕もまだ子供だから。だから僕たちが大きくなって、それでもまだお嫁さんになりたいって思ってくれるのなら、その時に返事をさせてほしいな」

悩んだ挙句、回答は先送り。我ながら最低だとは思うが、彼女は僕より年下であり、恐らくお嫁さんというものをよくわかっていないと思われる。ならば、先送りにして、ひとまずこの場を乗り切ろうという算段である。

そんな僕のやり口が引っ掛かったのか、ミサさんはじめ、年長組がなんとも言えない視線を向けてくるが、僕はそれを見ないようにして、目の前のりゅーちゃんへと向く。

りゅーちゃんはそんな僕の回答に特に思うところはなかったのか「うん、りゅーちゃんはやく大きくなる」と言って頷《うなず》くと、僕の右腕をギュッと抱きしめ——ここでさらに別の少女が声を掛けてくる。

「あの、レフトくん……」

「は、はい、どうしましたか」

「あの……もしよかったらなんですけど……」

「……？　はい……」

「か、髪を触らせてもらうことってできますか？」

「髪……ですか？　はい、大丈夫ですよ」

「やった！　で、では——」

少女は小さくガッツポーズをすると、恐る恐るこちらへと手を伸ばし……優しく僕の髪へと触れてくる。

「ふぁ。凄《すご》い、やっぱりふわふわだ！」

少女は驚きに目を見開いた後、さらに優しく触れてくる。

普段から頭を触られることは多々あるが、大抵はヘリオさんやグラジオラスさんによる荒々しいものが多い。もちろんマユウさんやリアトリスさんも撫《な》でてくれるが、今回の触り方はなんというか、それとは別種の柔らかい触れ方であり、なんともこそばゆい。

「りゅーちゃんもさわる」

しかしそんな僕の内心をよそに、右腕に絡みついていたりゅーちゃんも僕の髪に触れてくる。

そんな二人の姿を目にして、僕が安心して接することのできる人間だと判断したのか、今までチラチラとこっちを見ていただけの他の少女たちも、僕に近づいてくる。

そしてそれぞれが僕に触っていいか聞いてきたあと、恐る恐る髪に触れてきた。

……と、そんな感じでいつの間にか少女たちに揉《も》みくちゃにされ、さすがにやりすぎじゃないかとミサさんがオロオロするというなかなかカオスな場にはなったが、とはいえ少女たちの僕に対する警戒心はなくなり、なんとか仲良く？　なることができた。

――ちなみに、イヴさんも最初は相変わらず警戒をしていたが、最終的には好奇心が勝ったのか、僕の髪に触れてきていた。……まぁ、なんにせよとりあえず一歩前進である。

あの後、リアトリスさんとマユウさん、そして少女たち——主に年少組——が、僕と一緒に寝たいと熱望するというハプニング？　もあったが、僕はなんとかその場を切り抜け、ヘリオさん、グラジオラスさんと同じ部屋で寝た。

——そして翌日。昨日のコニアさんとの話し合いで決まったようだが、この日はイヴさんを狙う女性たちの情報を下手に探るようなことはせず、斡旋所で過ごすことにした。

というのも、昨日街中で出会った女性が、イヴさんと火竜の一撃のつながりを目にしながらもひどく冷静だったのがあまりにも不気味だったからである。

そんなこんなで斡旋所にいるが……なんというかかなり暇である。少女たちは家事をしており、手伝おうと思ったら客人は休んでいてと言われ、コニアさんに何か仕事はないか聞こうと思えば、用事で留守という始末。本でもあればそれを読んで過ごせるが、あいにく斡旋所にはそういった類《たぐい》のものはない。

まったくどうしたものかとリビングで頭を悩ませていると、ここでヘリオさんが僕の方へと近づいてきて、近くにドカッと座り、声を掛けてくれた。

「暇そうだな」

「あ、ヘリオさん。そうですね、何もやることが見つからなくて」

「ハハハ、まぁこういう状況じゃな。うし、んじゃ久しぶりに二人で話でもすっか。ちょうど言っときたいこともあったしな」

「言っておきたいことですか……？」

「おう。あー、どうだレフト。火竜の一撃のメンバーになって数日過ごした感想は」

頭を掻《か》きながらそう言うヘリオさん。その話題の振り方があまりにも不器用すぎて、僕は思わず笑ってしまう。

「ぷっ、ふふ」

「なに笑ってんだよ」

「い、いえ、なんでもないです。えっと、メンバーになってですよね。そうですね……正直まだ実感はないです。でも、人の優しさは凄く感じられました」

挨拶回りの際、同時に僕の紹介を行った。

——完成された火竜の一撃というパーティーにぽっと出の子供が加入をする。

そんな状況に、何かしら反対の声があっても致し方がないと思い構えていたのだが、ふたを開けてみれば、誰しもが驚きつつも、一人の冒険者として僕を歓迎してくれた。

そんな僕の言葉にヘリオさんはニッと笑った後、口を開く。

「そうだな、みんな歓迎してくれたたな。……まぁ、あいつらには特に言ってねぇが、この加入はあくまで一時的なもんだ。今後レフトが成長して、別のパーティーを組みたいと思ったのなら組めばいいし、このまま火竜の一撃のメンバーとして活動したいのならば、もちろんその時は歓迎する。

けどまぁ、レフトはまだ若いからな。ひとまず選択肢を狭めたりせず、たくさん考えて決断するようにしてくれ」

「はい！」

僕の返事に、ヘリオさんはいつものように頭を撫でてくれる。その荒々しくも優しさの感じられる手の心地よさに目を細めていると、ここでヘリオさんは独り言のようにぼそりと言葉を漏らす。

「実はな、加入せずともレフトの安全を確保する方法はひとつあるんだ。けどこれはすぐには難しくてな。だから結局うちにいながら地力をつけるしかねぇ。具体的には……そうだな、とりあえず目指すところはCランクの冒険者相当だな。ここまでいけば、単純な人間の脅威はそう多くはなくなる」

「Cランク相当……」

具体的にはレベル30から40くらいか。現在のレベルを考えれば、だいたい倍近くまでレベルを伸ばさなければならないというわけだ。レベルが上がれば上がるほどレベルの上昇が難しくなることを考えれば、これは決して簡単なことではない。

ましてや僕はステータスの伸びが戦闘系ギフト持ちと比較して魔力以外はかなり悪い。そうなると単純に戦闘力で考えれば、もう少しレベルが必要になってくるだろう。

なかなか大変そうだなとその道のりを憂いていると、ここでヘリオさんが何かを考えるような素振りを見せる。

「――そうだな……時間を有効活用すべきか」

「ヘリオさん……？」

「いや、今ふと思ったんだが、レベルの上がりやすいこの時期にじっとしてるのももったいねぇよな。……うし、レフト。今からガラナ山に行くか？」

「……えっ!?　今からですか!?」

「レフトも暇してるようだし、なにより今後何かあった時にレフトの力を借りることもあるかもしれねぇからな。なら、何もない今のうちに地力をつけておくべきだろ？」

「たしかに……」

有事の際、現状の力でどこまで対応できるか。スタンピードの時のように、自分の力を最大限に利用するためには、自身の能力、その選択肢を増やすべきであろう。そして僕にとって選択肢となりうるのは、レベル上昇による戦闘力の向上以上に、植物や植物系の魔物の登録数を増やすことであり、そのためには可能な限り様々な植生地へと向かうべきだろう。

「ヘリオさん！　僕、山へ行きたいです！」

「よっしゃ。……つっても俺は今回の件で色々やることがあるから一緒には行けねぇけどな」

「えっ……!?　それじゃあ誰が――」

と、ここでヘリオさんの視線が一点を向く。つられて僕もそちらへと顔を向けると、そこにはソファで豪快に眠っているグラジオラスさんの姿があった。

「グラジオラスさんですか……？」

「ジオ！　行ってくれるか？」

眠っているグラジオラスさんにそう声を掛けるヘリオさん。何をしているのかと疑問に思いながらその姿を眺めていると、声を掛けられたグラジオラスさんは突然目をカッと開いた。

「おう！　まかせておけ！」

「グラジオラスさん⁉　何のことかわかってますか？」

「ガハハ！　レフトと一緒に山へ行くことだろ！　もちろんわかっている！」

「寝ていたわけではないんですね」

「いや、寝ていたぞ！　寝ながら聞いていた！」

「寝ながら……」

「あー、深く考えない方がいい。昔からジオにはこういうよくわからねぇ特技があってな」

「凄い……！」

「ガハハ！　照れるなー！　っと、そんなことよりもレフト！　善は急げだ！　早速ガラナ山へ行くぞ！」

「グラジオラスさ……う、わわ！」

「よし！　ヘリオ！　では行ってくる！」

「おう。あ、レフト。最後に言っとくが、植物や植物系魔物はどんどん登録すべきだ。けど、何度も言うが基本は自力で戦う術《すべ》を磨けよ」

「はい！　わかりました！」

「よっしゃ！　レフト行くぞー！」

「はい！　お願いします！」

僕の言葉の後、グラジオラスさんは僕を抱えたまま爆速でその場を離れた。

――目指すはガラナ山。僕は以前見たおじいさまの植物図鑑に記載してあったいくつかの植物を思い浮かべると、ワクワクを隠し切れず笑みを浮かべた。

六章　登録と検証

――ガラナ山。公都からおよそ十キロメートル西に進んだ場所にある、標高六百メートルほどの比較的小さな山である。

しかしその規模感とは裏腹に、危険な魔物が多く生息しており、全体的にあまり人の手が入っておらず、特に山の山頂付近はまだ誰も到達したことのない未開の地としても有名な場所だ。

人の手が入っていない……つまり植物たちがのびのびと成長しているということであり、ゆえに僕にとっては宝の山とも呼べる場所である。

そんなガラナ山を、現在僕は目前にしていた。

「グラジオラスさん、ここが？」

「おう！　ガラナ山だ！」

僕を抱えながらここまで走ってきたというのに、一切息を乱した様子のないグラジオラスさんが、相変わらずの力強い声でそう言う。

「グラジオラスさんは何度かここに？」

「そうだな。両手両足を使っても数えられないくらいには来てるな！」

「そんなに。では、勝手を知っている場所なんですね！」

「標高の低いところ限定だがな！」

「やはりグラジオラスさんでも山頂付近は厳しいのですか？」

「ガハハ！　恐ろしく厳しいぞ！　実際に数々のAランクやSランクパーティーが挑んだが、結局誰も踏破できてないからな！」

「Sランクでも厳しいんですか……」

さすが誰も踏破したことのない山である。

「あくまでも山頂付近だけだな！　今回行くのは山の麓《ふもと》辺りだから心配はいらない！」

以前聞いた話だが、山頂付近にいる魔物等危険なアレコレは、どういうわけか山頂から下りてくることはないという。

「それで、レフトは今日確保したい植物の目星はついているのか？」

「あ、はい！　以前ガラナ山の植生について調べたことがあるので、いくつかは。その中でも特に確保しておきたいのはキャノンフラワーと、あとはライム以外の植物系魔物でしょうか」

「キャノンフラワーか！　なるほど！　なかなか扱いは難しそうだが、上手《うま》くいけばレフトのいい武器になるな！」

「グラジオラスさんもそう思いますか！　確かにいくつか懸念点があるのでそれを払拭《ふっしょく》できるかが鍵になってきますが、扱い方次第では化けると思ってます！」

「ガハハ！　レフトは植物のことになるとやけに饒舌《じょうぜつ》になるな！」

「えっ、そうでしょうか？」

「少なくとも俺はそう感じている！　なんにせよ、自分のギフト関係のものが大好きなのは素晴らしいことだ！」

「確かに最高ですね！」

「おう！　それじゃあ早速行くぞ！　まずはキャノンフラワーの確保だな！」

「はい！　グラジオラスさん、案内お願いします！」

「任せろ！」


草木が生い茂った道なき道を、背の高いグラジオラスさんが踏み分けていく。

その後ろにピッタリと付きながら、僕は警戒を忘れずに周囲を見回してみる。

——辺り一面の緑。

毒などの問題がないことを確認した後、大きく息を吸い込んでみると、植物のなんとも言えない青々とした匂いが鼻腔《びこう》をくすぐる。

前世ほどではないとはいえ、都会では味わえないその匂いに、空気の瑞々《みずみず》しさに、僕は思わず笑みを浮かべる。

「魔物がいる危険な場所というのは知っているんですが……なんかいいですね、この雰囲気」

「確かにそうだな！　この慣れ親しんだ匂いを嗅ぐと、昔の記憶が蘇《よみがえ》ってくる！」

「昔の記憶……そういえば僕って、皆さんの過去のことを何も知りませんね」

「まぁ、そういった話をする機会もなかったからな！」

「仮とはいえ、せっかくメンバーになったので、そういった踏み込んだところも今後知っていきたいです」

「そうだな！　……だが、俺もあいつらもかなり苦労しているからな！　なかなか重い話になってしまうが、それでも聞きたいのならいずれ落ち着いた時にでも話そう！」

重い話。その言葉に少し躊躇《ちゅうちょ》してしまうが、それでももっと皆さんのことを知りたいと思った僕は、グラジオラスさんの言葉に「はい、お願いします」と力強く頷《うなず》いた。

「っと、そうこうしているうちにそろそろ群生地だ」

道中一応いくつか植物を登録したが、どれもこれといって役に立ちそうなものはなかった。故に以前から目をつけていたキャノンフラワーには期待をしてしまう。

「レフト。キャノンフラワーの情報はどこまで知っている？」

「そうですね、色々とありますが、やはり重要な情報としては、強い刺激を受けると、実《み》が爆発してまるまると大きくなった種を勢いよく飛ばし、群生地を広げようとすることでしょうか。その種の勢いが凄《すさ》まじくて、直撃すればAランクの魔物でも傷を負うほどだと記載がありました。だからキャノンフラワーの群生地がある場所には迂闊《うかつ》に近づいてはいけないと」

「さすがレフトだな！　そう、キャノンフラワーの種の威力は凄まじい！　だからここより先、実の射程圏内では絶対に俺の側《そば》を離れないと約束してくれ！」

「わかりました！」

「よし、いい返事だ！　それじゃあ行くぞ！」

「はい！」

言って頷いた後、僕はグラジオラスさんの後ろにピッタリと付きながら歩みを進める。

そしてそのまま五分ほど進んだところで、突然グラジオラスさんが声を上げる。

「【剛体《グラジラ》】ッ！」

と同時に、高速で飛んできた何かがグラジオラスさんにぶつかる。

響き渡る地響きのような衝撃音。

「グラジオラスさん！　大丈夫ですか!?」

たまらず声を上げる僕に、グラジオラスさんはこちらを振り向くと、いつも通りの豪快な笑い声を上げた。

「ガハハ！　これくらいなんてことない！」

僕は安堵《あんど》の息を吐く。

「よかったです。それで、もしかしてこれが……」

「おう！　これがキャノンフラワーの種だ！」

そう言いながら、グラジオラスさんは先ほど受け止めた種を僕へと渡してくれる。

「ありがとうございます……っとおお、結構重たいですね」

――種の大きさはおおよそ野球ボール程度だろうか。全体的に真っ黒で非常に硬く、かなりの重量を感じる。

……そりゃ、こんなのが高速で飛んでくれば、高ランクの魔物でも怪我《けが》をするよね。それを何食わぬ顔で受け止めてしまうグラジオラスさん。やっぱり、凄《すご》い人だ！

改めてグラジオラスさんへの尊敬の念を深めていると――

「あれっ……!?」

ここで、手に持っていた種が突如光を放った。光は段々と強くなっていき、遂《つい》に光が収まった時、僕の手元から種がなくなっていた。

「もしかして……」

まさかと思いながら、僕は植物図鑑を召喚し、そのページをめくっていく。するととある一ページに、キャノンフラワーという名と情報が記載されていた。

「登録されちゃった」

あまりの呆気《あっけ》なさに呆然《ぼうぜん》としていると、グラジオラスさんが豪快な笑い声を上げた。

「ガハハ！　まさか種で登録できるとはな！」

「本当、予想外ですよ。てっきりしっかりと現物を目にするとか何か条件があると思いきや、飛んできた種だけで登録できてしまうなんて」

少なくとも登録条件は僕が思っていたよりも緩いようであり、それ自体は喜ばしいことである。

しかし、まさか種で登録できるとは思わなかったため、登録のしかたについて考察し直す必要がありそうだ。

「とにかく、これで一番の目的は達成だな！　が、どうだレフト！　どうせならキャノンフラワーの姿を見ていくか？」

「そうですね、お願いします！」

僕はそう言うと、グラジオラスさんに続いてさらに奥へと進んでいく。

そしておよそ九十メートルほど進んだところで、グラジオラスさんは足を止め、一点を指差した。

「レフト、あれがキャノンフラワーだ！」

その方向へと目を向けると、そこには二つの大きな植物の姿があった。

しかしその見た目は大きく違っている。

一方は枯れた花の中心に大きな実を実らせ、その重さに耐えられないのか茎がぐにゃりと曲がっており、もう一方は先ほど種を放出したからか貧相な見た目をしているが、種がなくなったからか、茎はしっかりと天に向かって伸びている。

「これは……実際に見るとなかなか面白いですね」

一見、自身の種――射出前であれば実――の重さに耐えられず、茎が曲がっていると聞くと滑稽に思うかもしれない。

しかしこれは、実の重さでランダムに茎が曲がり、その方向に種を射出することで、より広い範囲に生息域を広げられるという植物の知恵の表れなのだ。

「ガハハ！　確かにな！」

「……面白いですが、同時に上手く利用できれば立派な武器になりそうですね」

「そうだな、まぁ懸念点はいくつかあるが！」

「そこはこの後の検証で確認しようと思います」

「了解だ！　それじゃあ次へ向かうか？」

「はい！　ちなみに何か心当たりが……？」

「おう！　植物系魔物でよさそうなのがな！」

「魔物ですか！　ちなみになんという魔物ですか？」

「名前はな……マンイーターだ！」

「マンイーター……」

聞いたことがない魔物だ。直訳すると人喰《ひとく》いとなるが、植物系の魔物となると、僕はどうしてもとある魔物を思い出さずにはいられなかった。

「あの、名前から食人花《しょくじんばな》を思い出すのですが——」

——食人花。以前皆さんと共に登録を試みたEランクの魔物である。

攻撃力の高そうな牙やかなりの素早さを持つが、一度茎の部分を伸ばしてしまうと、しばらくその体勢のまま動けなくなるというなんとも残念な魔物だったのを覚えている。

どうやらなんらかの条件があるようで、その時は登録することはできなかったが、仮に登録できても果たして役に立つのかと少し悩んでしまうほどにはデメリットの大きい魔物だった。今回はそれとは違うのだろうか。

そんな僕の問いに、グラジオラスさんは難しい顔をする。

「それがな、ほとんど姿は同じなんだ！」

「それなのに別種の魔物として登録されているんですね」

「決定的な差があるからな！」

「決定的な差……ですか？」

「おう、まず色だ！　食人花は普通の花と同じくカラフルだが、マンイーターは黒と藍色といったなんとも禍々《まがまが》しい色をしている！」

「確かに大きな差ですね」

しかしそれだけで別種と決めつけるのは早計であろう。

「そして一番の違いが能力だ！　食人花は一度茎部分を伸ばしてしまうと元に戻るのに時間がかか

ったが、なんとマンイーターはそういった制限がない！」

「それは……決定的な差ですね」

食人花は攻撃力や素早さはかなりのものだが、茎のデメリットのため、簡単に対策できてしまうので、そのランクはEであった。

ではそのデメリットがなくなったらどうなるか。高い攻撃力と素早さを持っているのだ。間違いなく厄介な魔物だと言えるだろう。

「そうだ！　だから食人花がEランクなのに対して、マンイーターはDランク。その危険度は跳ね上がっている！」

「Dランク……」

現状、僕が相対してなんとか倒せるのがDランクだ。つまり今回のマンイーターは僕にとって、決して侮れない魔物となる。

「危険はあるが……レフトなら一人でもなんとか倒せると俺は思っている。だから、今回の討伐はレフトに任せたい！」

「グラジオラスさん……わかりました！　頑張って倒します！」

「ガハハ！　その意気だ！」

言いながら、グラジオラスさんはいつものように頭を撫《な》でてくれる。

僕はその心地よさに目を細めた後、彼に続いてマンイーターの生息域へと向かった。

その後、十分ほど歩いたところで、不意にグラジオラスさんが足を止めた。

そしてスンスンと周囲の匂いを嗅ぎ始める。

「におうな……」

「におい……」

僕も匂いを嗅いでみるが、青々とした草木の匂いは感じられれど、別段おかしな匂いはしない。

「どうやら俺は常人よりも鼻がいいようでな……っと、あっちだ！」

そう言うと、グラジオラスさんはゆっくりと歩き始める。

僕も彼に続いて歩くが、しかし特に景色は変わらない。

本当にこちらにいるのだろうか……そう疑問を抱き始めたところで、これまで緑一色だった世界に、不意に黒い何かが映った。

グラジオラスさんが足を止める。

「レフト、気づいたか！」

「はい。前方に明らかに禍々しい花が見えます」

花といっても、その大きさはよく見るそれとは一線を画している。

体長は百六十から百七十センチメートルほどか、人間の大人と同程度の大きさであり、全体が禍々しい黒色で染められている。

茎はかなりの太さであり、全体を鋭い棘《とげ》が覆っている。そんな茎の上には、僕の顔の倍以上もある巨大な花が鎮座しており、禍々しいその花の中央には鋭い牙の生えた口が存在している。

……なるほど、確かに雰囲気だけでも食人花とはレベルの違いを感じる。

「あれがマンイーター」

僕は緊張からか、ごくりと喉を鳴らす。

「ここから三歩ほど進むと、もうマンイーターのテリトリーになる」

「茎が伸びて、噛《か》みつきにくるんですね」

「そうだ！　基本的にマンイーターの攻撃はその一つだが、一度噛みつかれてしまうと、毒を流し込まれる恐れがある！」

「毒持ちなんですね」

「ああ！　すぐに死に至るような毒ではないが、即効性のある麻痺《まひ》毒だからな！　噛みつかれれば、こちらが不利になるのは間違いない！」

「つまり、一度も噛みつかれることなく倒し切る必要があると……」

「そうなるな！」

「わかりました。……では、いってきます！」

「いつも通り、頑張れレフト！」

グラジオラスさんはそう言って、僕の頭にポンと手をやると、二歩ほど後ろへと下がった。

……たった二歩。

それでもグラジオラスさんが近くにいなくなったからか、マンイーターの威圧感が強まったように感じられる。

……やっぱり、いつの間にか僕は皆さんに依存していたみたいだ。

近くにグラジオラスさんがいるから安心だ。今回も少なからずそんな思いを抱きながら、ここまで歩いてきたのだろう。

……でも、ここからはそれだけではいけない。

これから彼らと共に行動するにしろ、別のパーティーを組むにしろ、いつまでも彼らの存在に安心感を覚えているだけではダメだろう。

……いつか、僕が誰かを安心させられる人になれるように、目標である彼らに追いつけるように。

僕は精神的に自立して、あらゆる困難を自らの手で乗り越えなくてはならない。

ふとそんなことを考えていると、不思議と勇気が湧いてくる。

「よし」

――戦闘開始だ。

僕は両手のひらを天に向ける。そして――

「爆裂草、実体化」

そう呟《つぶや》くと、脳内でその姿をイメージし……次の瞬間、僕の両手のひらには一つずつ爆裂草が握られていた。

……そう。実は公国に向かう道中でギフト『植物図鑑』のレベルが上がっていた。

それにより可能になったことは二つ。

図鑑を召喚せずに植物を実体化すること、そして植物の複数同時実体化である。

「いけっ！」

僕は掛け声と共に、右手の爆裂草をマンイーターへ向かって投げた。

……目には目を、歯には歯を、そして毒には毒を！

そう思いながら投げた爆裂草は、放物線を描きながらマンイーターへと向かっていく。

しかし僕の筋力の問題もあってか、到底マンイーターに届きそうにない。

……でも、おそらく大丈夫。

そんな半ば確信ともいえる思いとともに見守っていると、ここで遂にテリトリーに入ったのか、マンイーターは物凄い速度で茎部分を伸ばし、爆裂草へと噛みついた。

――瞬間、マンイーターの内部で爆裂草が爆《は》ぜる。

爆発をモロに受け、かつ毒を全身に浴びたマンイーター。

これがゴブリンであれば間違いなく討伐完了しているが……どうやらマンイーターはそう簡単に

討伐はできないようだ。

「爆裂草の毒は……効果なさそうか。爆発をモロに食らえば多少はダメージもあるかと思ったけど、この様子だとそんなことはなさそうだ」

目前には僕の姿に気がついたのか、こちらに牙を向けながら平然とした様子のマンイーターがいる。僕の位置はまだマンイーターの攻撃範囲の外。故にこちらを攻撃できず、じっと様子を窺《うかが》っている。

「とりあえず、もう一発いっとくか」

僕は追撃用に用意していた左手の爆裂草を右手に持ち替えると、ひとまずマンイーターへ投げてみる。するとマンイーターは、先ほど爆発したにもかかわらず、再び爆裂草へと噛みついた。

「知能はかなり低そうだ。……それで毒や爆発の効果は……うーん、ダメか」

二度ぶつけ、毒の量が増えればもしかしてと思ったが、目前のマンイーターの様子を見るに、一切効果はなさそうである。

「となれば直接攻撃して討伐するのが無難だろうけど……」

マンイーターの知能が低いのは間違いないが、なぜかマンイーターは攻撃の有効範囲外の敵に対して、無理に攻撃しようとはしてこない。

知能の割に用心深いのか、それとも有効範囲内のものしか知覚できないのか。

「とりあえず検証だな」

僕はマンイーターの攻撃範囲に入らないよう注意しながら、マンイーターを中心に円を描くように歩いてみた。

ガサガサと多少草を踏む音を鳴らしながら移動すると、マンイーターは茎部分を動かし、その視線を——目はなさそうだが——こちらへと向けてきた。

「なるほど、有効範囲外でも反応はするのか。なら、これならどうかな？」

僕は慎重にマンイーターへと近づく。誤って攻撃範囲に入らないよう注意しつつ歩みを進め……と、ここでマンイーターが僕へと噛みつこうとしてくる。

「……っと危ない」

僕は注意深くその姿を見つめていたため、マンイーターが動き出すのを確認し、反射的に一歩下がった。

——目の前でガチンと歯を鳴らすマンイーター。

「なかなか迫力が凄いな」

その姿に若干ビビっていると、ここでマンイーターは一度茎を引っ込めた。

「でも……これで有効範囲がわかった」

僕は再びマンイーターへと近づいた。

そして先ほど攻撃をしてきた場所のギリギリ手前に立つと、小さく右手を伸ばした。そして——

「フィルトの木、実体化」

ポツリとそう呟いたその瞬間、僕の眼前に黒く大きな木が実体化した。

――と同時に、有効範囲に入ったことを知覚したのか、マンイーターが噛みついてくる。

しかし、範囲内にいるのは僕ではなく、頑強なことで有名なフィルトの木である。

――ガキンと、金属音のような甲高い音が鳴る。僕はそこから横に数歩動き、音の鳴った方へと視線を向けると、そこにはフィルトの木に牙を立てたまま動けなくなっているマンイーターの姿があった。

「まさか、フィルトの木より強いとはね」

フィルトの木は下手な金属よりも硬く頑強な樹皮を持っている。

そんなフィルトの木に噛みついたのだ。いくら鋭い牙を有するマンイーターといえど、牙が折れるのではないか……そう予想していた僕だったが、結果はマンイーターの牙の勝利であった。

……まぁ、想定外ではあったが、むしろ最高の結果になったのだが。

「これなら安心して討伐できそうだ」

フィルトの木を噛み切ることができず、またその樹皮に阻まれ牙を抜くことすらできない。……つまり今目前にいるのは、噛みつきという唯一にして最強の武器がなくなった、ただの植物である。

僕は腰に帯びていた片手剣を抜く。そして警戒することは忘れずにマンイーターへと近づき――

「ごめんね」

と呟いた後、伸びている茎部分に剣を振り下ろした。

瞬間、多少の抵抗感はあったが、さすがにピンと張った状態では耐え切れなかったのか、剣はその繊維を断ち切り——マンイーターはぐったりとした後、その姿を光へと変えた。

「……ふぅ」

マンイーター討伐完了後も警戒を忘れずに周囲を見回し、しかし問題ないことがわかると、僕は小さく息を吐く。そんな僕の元へ、グラジオラスさんが走り寄ってくる。

「レフト！　よくやったな！」

「はい、なんとか討伐できました！」

「さすが、レフトだ！　まさかあんな方法で討伐するなんてな！」

言葉のあと「俺には到底思いつかない方法だ！」と続け、グラジオラスさんは豪快に笑う。

「そんな。あれで倒せるとは思っていなかったので、運が良かっただけですよ」

「そんなことはない！　頭を使って、工夫した結果だ。運が良かったで片付けるのはあまりにももったいない！」

「そう……ですね、工夫した結果だと誇ることにします！」

「ガハハ！　そうだ、それがいい！」

そう言って気持ちのいい豪快な笑顔を見せるグラジオラスさんに、僕は柔らかい笑顔のままうんと首を縦に振る。

「……あとはこれが登録できれば最高なんですが」

思い出すのは、やはり食人花である。討伐し、魔石を手に取り、しかし残念ながら登録できなかった。

マンイーターと食人花は別種と言われているとはいえ、似た魔物で登録できなかったという事実がある以上、今回も望みは薄いのではないかと、ついそう思ってしまう。

しかし、絶対に無理とは限らないのであれば、試さない手はない。

僕はそう考えると、グラジオラスさんと共に魔石へと近づいていく。

「Dランクにしては、魔石が大きいですね」

「単純な戦闘力でいえばCランク並みだからな！」

「えっ⁉　そうなんですか！」

「ガハハ！　だがな、レフトが早々に気づいたように、マンイーターは決められた範囲内でしか攻撃ができない！　だから遠距離攻撃を持っていれば、討伐はそう難しくないんだ！」

「なるほど、魔物のランクが討伐の難度を表す以上、一概に魔石の大きさで強さは判別できないんですね」

そう言葉にしながら僕はなるほどと頷く。

「そういうことだ！　さぁ、そろそろ登録を試してみるか！」

「はい、やってみます」

言って、僕はマンイーターの魔石を手に取った。ずっしりとした重みを感じながら、魔石を抱え続け――経過すること、およそ十秒。ここで不意に魔石が光を発した。

「まさか！」

僕は慌てて図鑑を召喚し――それとほぼ同タイミングで、その光が図鑑へと吸い込まれていく。

そして遂に光が収まると、僕の手にあったはずの魔石はきれいさっぱりと消えていた。

「登録……できたのか？」

「えっと……」

僕は図鑑をペラペラとめくり――

「あった……登録できてる！」

――図鑑のとある一ページに、マンイーターの名が刻まれていた。

「やったなレフト！」

「はい！　ありがとうございます、グラジオラスさん！」

「それにしても、まさかマンイーターを登録できるとはな！」

「えっ、グラジオラスさんも半信半疑だったんですか!?」

「ガハハ！　食人花の前例があったからな！　九割方無理だろうなと思っていたぞ！」

「ええ……」

「でも一割に賭けたら登録できた！　これが結果オーライというやつだな！」

「ふふっ、そうですね」

言って笑った後、僕は首を傾《かし》げる。

「――それにしても、なぜ今回は登録できたのでしょう？」

「食人花の時と、同じ手順だったはずだがな」

そう。今回の登録手順は、食人花の時と相違なかった。故に、グラジオラスさんが想定したように、登録できないのが道理のはずだ。

しかし、なぜか今回は登録できた。それも、食人花と姿形がそっくりなマンイーターをだ。

「うーん、もしかしたら何か僕の知らないルールがあるのかもしれませんね」

それを探りたいところではあるが、具体的な方法が思いつかない。

「そうだな！　まぁ、それはおいおい見つければいいだろう！　それよりも今は――」

「はい！　毎回恒例の検証……ですね！」

僕は笑顔でそう言うと、道中で様々な植物を登録しつつ、森を抜け、近くの草原へと向かった。


ある程度安全な草原へとやってきた僕たちは、早速検証を行うことにした。

まずは登録したいくつかの植物のうち、最も戦闘で期待できそうなキャノンフラワーからだ。

「グラジオラスさん、よろしいですか？」

「おう、いつでもいいぞ！」

キャノンフラワーがどのような状態で実体化されるかわからないため、誤射する可能性を考慮して、側にはグラジオラスさんが立っている。

しかし僕の手に触れる形でしか実体化できないことを考えると、どうしても不安は拭《ぬぐ》えず、思わずごくりと息をのむ。

しかしその不安も少しのこと、改めて側にグラジオラスさんがいるのだと自分に言い聞かせた後、僕は右手を地面に触れさせた状態でキャノンフラワーを実体化した。

瞬間、キャノンフラワーが地に植わった状態で現れる——今にも射出されそうなほど、大きな実を生《な》らせながら。

「グラジオラスさん、これは……」

「あぁ、刺激が加わればすぐにでもって感じだな！」

グラジオラスさんの言葉を耳にしながら、僕は疑問を覚えていた。

「色々活用できそうで嬉《うれ》しくはありますが……なぜ、この状態で実体化したのでしょう」

これまで実体化した植物もその現れ方は様々であったが、総じて言えることは、どれも青々とした葉が生い茂っていた。

しかし、今回のキャノンフラワーはどうか。確かに大きな実を実らせてはいるが、草花はとうに枯れてしまっている。

「確かに、謎だ！」

そう、これはあまりにもおかしい。

まるで、僕が最も活用しやすい姿形で現れているようで――ご都合主義と言ってしまえば簡単だが、実際に転生をして今ここに生きている以上、その言葉で片付けることはできない。

「ギフトにも、まだ僕たちの知らない何かがあるのでしょうね」

――しかし、やはり現状の僕ではその理由はわからないため、ひとまず未《いま》だ不明として、話を進めることにした。

「なんにせよ、これは好都合なので、このまま検証を続けましょうか」

「そうだな！　それで、どうする？」

「念のため、種を射出する様子を確認したいです。あとは威力も確認したいのですが……グラジオラスさんに再び受け止めていただくことって可能ですか？」

「おう、任せておけ！」

「ありがとうございます！　よし、まずは……おいで、ライム！」

特に意味はないが、なんとなくその名を呼びながら、グリーンスライムの魔物――ライムを呼び出す。

「ライム、ちょっと手伝ってほしいんだ。えっとね、僕が合図を出したら、こっちの方向からキャノンフラワーに触れてほしいんだ。どう、できるかな？」

目前のライムにそう問いかけると、ライムの方から感情が伝わってくる。

それが「まかせてー」と言っていそうであったため、僕たちは今一度茎の曲がっている方向を確認すると、射出されるであろう実の真正面へと移動。

そして威力の比較ができるよう、先ほど種を受け止めた時と同程度の距離だけ離れた。

「グラジオラスさん、いけますか？」

「【剛体《グラジラ》】！　おう、いつでも大丈夫だ！」

グラジオラスさんの言葉に僕はうんと頷くと、ライムに聞こえるように大きな声を上げた。

「ライム、お願い！」

その言葉を受け、ライムがキャノンフラワーへと優しく体当たりをし——瞬間、種が射出された。

その種は空気を切り裂きながら物凄いスピードで飛来し、グラジオラスさんの元へ到達。

その種を、グラジオラスさんはその場から一歩も動くことなく、しっかりと受け止めた。

「グラジオラスさん！」

「おう、大丈夫だ！　そんで、威力も……先ほどと相違ない！」

「それじゃあ！」

「実体化したキャノンフラワーでも、威力だけなら高ランクの魔物に通用しそうだ！」

「やったー！　となると、問題は射出方向がどうかですね」

言葉の後、僕はグラジオラスさんに了承を取り、キャノンフラワーを実体化しては収納しを何度か繰り返した。

結果――茎の曲がる方向は一定ではなく、その時々によって違っていた。

植物は大本が自然のものである以上、そういった誤差も当然ありえるが……どうせ実が熟した状態で実体化するなら、曲がる方向も一定にしてよ！　と、僕は誰にともなくそうひとりごちるのであった。


実の射出方向が一定ではない――その事実によりキャノンフラワーの評価を現状は扱いが難しく、射出方向をどうにかする方法を考えない限りは使用は難しい、とそう結論づけた。

その威力が凄まじいばかりに、なんともうら悲しい結果だが、致し方ない。

それよりも今は次に目を向けようと、僕は続いてマンイーターの実体化を試みることにした。

「グラジオラスさん、何度も申し訳ないのですが……」

「ガハハ！　気にするな！」

そう、今回も突然襲ってくる可能性があるため、念のためグラジオラスさんには側にいてもらっている。

ちなみに先ほど呼び出したライムはというと、僕の頭の上でグデーッとしている。

感情から察するに、おそらく寛《くつろ》いでいるのだろう。

頭上にいるため姿は見えないが、なんとなくイメージはできるので、可愛《かわい》いなぁと僕は微笑《ほほえ》む。

しかしそれは一瞬のこと、すぐさま気を引き締めると、グラジオラスさんの了承を貰《もら》い、高らかに唱えた。

「マンイーター、実体化！」

瞬間、僕の眼前に光が集まり、それが収まった時、そこには一体のマンイーターの姿があった。

マンイーターは花部分——人間では顔にあたるのか——をキョロキョロと見回すように動かした後、こちらへと喜びの感情を向けてくる。

僕は安堵の息を吐いた。

「よかった。グラジオラスさん、この様子だと突然襲ってくることはなさそうです」

「ガハハ！　それはよかった！」

グラジオラスさんの言葉に頷いた後、僕は改めてマンイーターへと視線を向ける。

——相変わらずなんとも禍々しい姿である。

黒と藍色で覆われた全体に、茎を覆う無数の棘、その先で大きく開く花の中央にはなんでも貫きそうな鋭い牙がこれまた無数に生えている。

仮に夜に遭遇したら思わずビクリとしてしまいそうな見た目だが、向けられる感情が喜色だからか、目前のマンイーターに対しては別段暗い感情は湧いてこなかった。

「マンイーター、これからよろしくね」

言って僕が笑みを向けると、マンイーターは茎の部分をうにょうにょと伸ばし、全身の中でも特に害のない花弁の部分をすりすりと僕へと擦《こす》りつけてきた。

「わぁ！　くすぐったいよ」

言いながら、僕はマンイーターの花弁を優しく撫でる。すると伝わってくる喜色がより強いものになった。

「そうだな、名前をつけないと」

ここで僕はふとそう思い立ち、うんうんと頭を悩ませる。

マンイーター……うーん、名前から取るのは微妙だな。じゃあ、特徴……噛みつく、噛む、ガブリと……あっ！

「決めた！　君の名前はガブだ！」

僕がマンイーター――ガブにそう告げると、ガブはブンブンと顔を揺らし、全身で喜びを伝えてくれた。

「よし、名前も決めたし、早速君のできることを確認しようと思う。まずは……そうだな、ガブって移動できるの？」

現在、ガブは通常の草木と同じく、身体の一部が地中に埋まっている。

故に攻撃範囲が決まっていたのだが、もし動くことができるのならば、できることが増えるのは想像に難《かた》くない。

とはいえ、先ほどマンイーターが移動する様子はなかったのだ。であれば、おそらくガブも移動はできないのだろう。

そう思いながらの質問であったが……それを聞いた瞬間、ガブは突然ズボッと根の部分——かろうじて脚のようにも見える——を地表へと出すと、それをちょこちょこと動かした。

「………っ！　動けるの⁉」

驚く僕の眼前で、ガブが徐々に動き出すが……なんというか、戦闘時には一カ所にとどまって戦ってもらうことにしようと、思わずそう結論づけてしまうような、そんな残念なスピードであった。

その後、僕はガブを色々な魔物と戦わせた。

が、やはり移動できないのがネックで、基本的にDランクまでの魔物ならば倒すことができるが、CランクやDランクでも一定以上の威力がある遠距離攻撃を有する魔物相手では、勝利は厳しそうであった。

ガブ単体の後は、僕との連携で戦ったりもしたのだが、やはり僕自身の身体能力が低いことや、攻撃手段が乏しいこともあり、Cランクの魔物相手ではついぞ勝利を収めることはできなかった。

またこれは初めて魔物と連携して戦ったからわかったことなのだが、彼らと連携する場合、どうしても僕からの指示が必要になる。

というのも、彼らは人形ではなく、立派な生物ではあるが、しかしその知能は成人した人間には遠く及ばないのである。

故に彼らに自由に戦わせると、その能力以上の実力を発揮することができない。

かといって、僕が指示を送るのも、それはそれでなかなか難しい上、戦闘中に余計な時間がかかってしまうのだ。

それならば連携を鍛えるべきだと思うが――果たしてそれで、Cランク以上の魔物を倒せるだろうか。

魔族と対峙《たいじ》するヘリオさんや、先ほど僕をキャノンフラワーの種から守ってくれたグラジオラスさん、その圧倒的な頼もしさを思い出す。

それと僕が今のまま成長した姿を比較すれば、やはり僕からは彼らのような力強さを感じることができなかった。

――彼ら戦闘系ギフト持ちのように身体能力を伸ばすことができれば。

能力の実というステータスを向上させる植物は存在するが、それは伝説の存在であり、現状の僕が手にできるものではない。

それに仮に手に入れたとしても、きっと実体化にはとんでもない魔力が必要になるからと、迂闊に使用できない未来は簡単に想像できる。

――ならせめて、魔物と思考を共有できたら。

現状のようにいちいち指示を出さずとも、僕の考えを彼らに伝えることができたら、どれほど可能性が広がるだろうか。

そう考えるも、やはりそう簡単に思考を共有する方法など思いつくはずもなかった。

結局その後も頭を悩ませながら色々と挑戦するが、ただの一度もCランクの魔物を倒すことはできなかった。

その事実に、ずっとモヤモヤと頭を離れない自身のステータスの低さに、僕はなんとも言えない憂いの感情を残しながら、斡旋所《あっせん》へと戻った。

七章　存在昇華

翌日。この日、僕はフリーだったため、思考共有はできずともお互いの意思がしっかりと伝わるようにと、魔物たちと交流することにした。

早速コニアさんにその件を相談すると、裏庭を使ってもいいとのこと。

僕は彼女に感謝を伝えると、一人裏庭へと向かい、すぐさま彼らの名を唱える。

「ライム、ガブ、実体化！」

するといつものように光が発生したあと、僕の眼前にライム、ガブの姿が現れた。

二匹ともこれから何をするかはわかっていないが、それでも呼び出されたのが嬉《うれ》しかったのか、凄《すご》く楽しげな様子である。

そんな上機嫌な二匹に、僕は声を掛ける。

「ライム、ガブ。今日は戦闘は一切行わず、ただ一緒に遊ぼうと思うんだけど、どうかな？」

僕の言葉に、ライムはぴょんぴょんと跳ね、ガブはぐわんぐわんと顔部分を揺らす。――どうやら大賛成のようだ。

「よし！　それで、なにして遊ぼうか？」

僕がそう問いかけると、ライムが突然ピョンと大きく跳ね、それをガブが花弁でキャッチした。

「…………？」

謎の行動に、僕が首を傾《かし》げていると、ここで突然ガブがライムを投げつけてきた。

「ちょ……！」

僕は慌てて、それをキャッチする。

「ガ、ガブなにやってるの⁉」

言ってガブの行動に目を見開く僕に対し、ガブと、そしてなぜかライムまでもが楽しげな感情を伝えてきた。

「…………えぇ、ライムもそれでいいの？」

両手で抱え、眼前へと持ち上げたライムにそう問いかけると、心の底から楽しいとばかりに触手で丸を作ってみせた。

「な、なら。いくよ、ガブ」

楽しいならいいかと、僕はガブに向けて優しくライムを投げた。

と、そんな感じで謎の遊びをすることもあったが、それでもなんだかんだ楽しい時間を過ごしていると——

「れふとくん、なにしてるの？」

ここで、裏庭に続く道からひょこりとりゅーちゃんが姿を現した。

「あ、りゅーちゃん。今ね、僕のお友達と遊んでるんだよ」

「おともだち？」

言いながら、りゅーちゃんはじーっとライムとガブを見つめる。

当然だが二匹は魔物であり、特にガブに関してはなかなか凶悪な見た目をしている。

故にまだ幼い彼女は、二匹のことを拒絶するのではないか。

そう僕は予想していたのだが、りゅーちゃんはあっけらかんとした様子で口を開く。

「りゅーちゃんもあそんでいい？」

「うん、もちろんいいよ」

言って僕が頷《うなず》くと、りゅーちゃんは嬉しそうにニコリと笑った。そして、一切の警戒もせず、ライムとガブの方へと近づいていく。

「りゅーちゃんだよ。よろしくね」

彼女の挨拶を受け、ライムは触手をうにょうにょと伸ばし、ガブは花弁の部分でりゅーちゃんへと触れた。

魔物の感情がわかるのは僕だけなのだが、どうやらその行動に二匹の好意を感じとったのか、りゅーちゃんは嬉しそうに笑った。

と、ここで――「りゅーちゃん抜け駆けー！」という声が聞こえてくる。

思わずそちらへと目を向けると、そこにはイヴさんを含む年少組の少女たちの姿があった。

「みんなも遊びに来たんですね」

「はい！　裏庭から楽しそうな声が聞こえたので……つい」

そう言って恥ずかしげに笑う少女に続き、イヴがさん心配そうに声を上げる。

「あの、お邪魔じゃないですか……？」

イヴさんたちからすれば、僕がここで何をしていたのかわからないのだ。だから邪魔じゃないかと思う気持ちもわかる。

しかし、今回の目的は元々二匹と遊ぶだけであったため、そこに少女たちが加わったところで別段問題はなかった。

「大丈夫ですよ。一緒に遊びましょう」

少女たちが歓喜の声を上げる。

「っと、その前に紹介しましょうか」

言葉の後、僕は二匹を呼んだ。

「この子たちは僕のお友達で、グリーンスライムのライムとマンイーターのガブです。二匹ともとても優しい魔物なので、ぜひ仲良くしてあげてください」

その声に「ガブちゃん、ライムちゃんよろしくねー」と少女たちが口々に言う。

やはりこの子たちもりゅーちゃん同様、魔物相手に一切物怖《ものお》じしないようだ。

それはこの場において凄く嬉しいことだが、同時に危険も孕《はら》んでいるため、僕は念のため忠告をしておく。

「この子たちは僕のお友達なので大丈夫ですが、本来魔物はとても恐ろしい生き物です。なので、くれぐれも野生の魔物には不用意に近づかないようにしてくださいね」

僕の忠告に対し、少女たちは真剣な面持ちで頷いてくれる。この様子であれば、きっと大丈夫だろう。

「じゃ、遊びましょうか」

その言葉を受け、少女たちは「わー！」と楽しげにこちらへ走り寄ってきた。

「……いったいどこにそんな体力があるんだろ」

あの後、少女たちとたくさん遊んだ。それはもうたくさん。

そのおかげか今まで以上にみんなと仲良くなれたのだが、同時に別の感想を抱くことになる。

すなわち、体力が無尽蔵すぎないか……と。

僕の眼前では、楽しげに遊ぶ二匹と少女たちの姿があるのだが、どういうわけか彼女たちの体力が一向に尽きる様子がないのだ。

……これが子供のパワーか。

と、十歳という年齢でありながら、おじさんじみたことを考えていると、ここで突然声を掛けられた。

「あの、レフトさん」

「あれ、イヴさん。皆さんと遊ばないんですか？」

「はい、あのレフトさんに少し聞きたいことがありまして」

「聞きたいこと。はい、なんでしょう」

「あそこにいるライムさんとガブさんは……レフトさんのテイムした魔物なんでしょうか」

魔物を友達と表現する。なるほど、確かに彼らをテイムしたと考えるのが自然であろう。僕はうーんと首を捻《ひね》る。

「テイム……うーん、似ているようで似て非なるものかもしれません」

「…………？」

首を傾げるイヴさん。そんな彼女をじっと見つめ……この子には僕のギフトの話をしても大丈夫と、なぜかそんな直感を得た。

「僕のギフトの話をしましょうか」

そう言うと、僕は図鑑を召喚する。

彼女は目が見えずとも、突然本のようなものが現れたことには気がついたようだ。

「僕のギフトは『植物図鑑』です。簡単に言うと、色々な植物や植物系の魔物を登録して、実体化できる力でしょうか。……このように」

言って、僕は下級薬草を実体化してみせると、イヴさんは興奮気味に声を上げた。

「凄く珍しいギフトですね！」

「神父が言うには、一応ユニークのようです」

「ユニーク……」

イヴさんはポツリとそう呟《つぶや》くと、その声音のまま言葉を続ける。

「……私と同じだ」

「イヴさんもユニーク持ちなんですか？」

「はい。もっとも、レフトさんのように使いこなすことは絶対にできない、私からしたらハズレのギフトですけどね」

イヴさんはそう言うと、諦めにも似た表情でふーと息を吐く。そして一拍置いて、言葉を続ける。

「私のギフトは『神眼』です。あらゆるものを見通す、最強のギフト……のはずなんですが、私は盲目なので、使える能力は起こりうる可能性のある未来を、ランダムで見ることができる【時渡り】という能力だけ」

「………」

その言葉だけで、イヴさんが嘆く気持ちがよくわかる。

「盲目に関しては、生まれつきなのでとうに諦めています。でも、後から与えられたものだからか、ギフトについては色々と考えてしまうのです」

イヴさんは溜《た》まっていたものを吐き出すように、言葉を続ける。

「もし、私のギフトが『神眼』以外だったら、今みたいに怖い人に狙われることも……お母さんに捨てられることもなかったのかなって」

お母さんに……。初めて知ったその事実に、思わず眉根を寄せてしまう。

斡旋《あっせん》所にいる少女たちは、おおかた皆辛《つら》く苦しい過去を抱えているはずだ。コニアさんの元にやってくるというのは、そういうことなのだから。

しかし、その話を直接聞いたわけではない僕からすれば、それはあくまで想像であり、その苦しさもまた想像でしかない。

でもイヴさんから伝えられたその情報は、まぎれもない彼女の辛い過去であり……ギフトの件で色々ありながらも、人に恵まれた幸せな人生を歩んでいる僕には、とても慰めの言葉を掛けることなどできなかった。だから、ふと頭に浮かんだ思いを口にする。

「――ほんと、ギフトって何なんでしょうね」

「……？」

唐突なその言葉に、イヴさんは首を傾げた。僕は言葉を続ける。

「だって不思議に思いませんか。十歳になって、授与式を行って、ギフトを得る。誰もが当たり前に行っていますが……なんとも超常的な出来事ですよね」

「確かに……」

「しかも得られるギフトは、決して望んだものではなく、ランダムで。そのギフトで、その人の行き先が、なんとなく決まってしまうんですよ？」

僕は恩恵授与式で、望んでいた戦闘系ギフトではなく、それとは真逆の『裁縫術』を得たライク君を思い出す。

彼がその後どうしたかはわからないが、別にギフトを無視して、望んでいた戦闘系の職に就くことができないわけではない。

しかし、やはりそれに特化したギフト持ちが、それに準ずる能力を発揮してしまえば、彼にほとんど勝ち目はないだろう。

「……もし、本当に創造神という存在があって、それが僕たちにギフトを与えてくれているのならば、創造神様はどのようにしてギフトを付与してるんでしょうね」

「どのように……？」

「それは創造神様も知り得ない、完全にランダムなものなのか、それとも創造神様が一人一人与えるギフトを選んでいるのか」

「難しいです……」

「考えれば考えるほど訳がわからなくなってしまいますよね。でもこう考えると面白くないですか。

もし創造神が僕たちに与えるギフトを選んでくれているのなら、きっとそこには僕たちの知り得ない意味があるのかもしれない。そして逆にギフトがランダムなものなら、僕たちは創造神様ですら知り得ない可能性を手にしてることになる」

「……？」

僕の言葉にイヴさんが難しい顔をする。それでも止まらず、僕は言葉を続けた。

「つまり何が言いたいかというと、自分のギフトについて嘆くよりも、そのギフトを得た意味とか、それが持つ可能性とか……そんなことを考えた方が心も軽くなるんじゃないかということです」

「なぜ『神眼』を与えられたのか……ですか」

「環境も何もかも違うので一概には言えませんが、実は僕もギフトを笑われたり、ギフトのせいで怖い人に狙われたりしたんです」

「レフトさんも？」

「はい、だから火竜の一撃の皆さんと公国にやってきたんです」

「私と同じだったんですね」

「それで、やはり最初はなんでこんなギフトになっちゃったんだって思いましたよ。でも今は『植物図鑑』でよかったと心の底から思います」

「何かきっかけがあったんですか？」

「火竜の一撃の皆さんに会えました。それで今までとは比べものにならないくらい、刺激的な日々を送れるようになったんです」

言ってニコリと微笑《ほほえ》む僕に、イヴさんがポツリと言葉を漏らす。

「……そう考えると、私もコニアさんや斡旋所のみんなと会えたのは、ある意味『神眼』のおかげですね」

言葉の後、イヴさんは何かに気がついたのか、先ほどよりも明るい声音で言う。

「……凄いです。考え方ひとつで、こうも心持ちが変わるんですね」

「不思議ですよね」

「はい！」

イヴさんの中で腑《ふ》に落ちたのか、笑顔でそう返事をした後さらに言葉を続ける。

「……あの、ありがとうございました。……正直、神様のお話は私には難しくて、おそらく全てを理解できたわけではないと思います。でも……レフトさんとお話をしていたら、なんだかとても心が軽くなりました」

「ふふっ、よかったです」

そう言いながら、二人和やかな雰囲気でいると、ここで遠方から元気のいい少女の声が聞こえてきた。

「レフトくーん、イヴちゃーん！　なにやってるのー！　一緒に遊ぼうよー！」

「今いきまーす！　……呼ばれちゃいましたね」

「ですね。あの、たくさんお話ししてくれてありがとうございました。本当に凄く心が軽くなりました」

「こちらこそ、イヴさんとお話しできて凄く楽しかったです」

言って微笑む僕に、イヴさんは何やら言い淀《よど》むような様子の後、ポツリと呟くように声を上げる。

「イヴ……」

「……ん？」

「あの、イヴさんじゃなくて、イヴって呼んでほしいです」

「……わかりました。じゃあ、イヴ」

「あと、できれば敬語もなしで……」

「わかったよ。それじゃ、今度からはタメ語で話すね」

「はい！　ありがとうございます！」

「それなら僕のこともさん付けじゃない呼び方にしてくれると嬉しいな」

「ならレフトくんって、そう呼んでもいいですか？」

「もちろん」

言いながら僕が頷いたところで、再び少女から僕たちを呼ぶ声が届いた。

「レフトくーん！　イヴちゃーん！」

「……そろそろ行こうか、イヴ」

「はい！　レフトくん！」

こうして僕たちは会話をやめると、少女たちと合流し、楽しい時間を過ごした。


翌日。この日も特にやることがなかったため、少女たち含めて親交を深めようと考えていた。

少女たちの視線がじっと僕へ集中する。

そのなんとも緊張するシチュエーションの中、僕はパフォーマンスとして図鑑を召喚し「ライム、ガブおいでー！」と気の抜ける言葉を唱えた。

その瞬間、僕の目前に光が集まり、ライムとガブが姿を現した。

「わー！」と歓声が上がり、少女たちはすぐさま二匹の元へ集まってくる。

……よかった、すっかり打ち解けたみたいだ。

皆、元々物怖じしない性格であったため、これといった苦労があったわけではないが、それでも魔物である二匹が受け入れられている現状は、僕にとって凄く嬉しいものであった。

その後、昨日同様みんなで遊んだ。

遊ぶといっても、現状では斡旋所の敷地外には出られないため、そう大したことはしていない。

例えばおままごとや、ボール遊びなど、世間一般でよく行われていることばかりである。

それでも、少女たちが個性的であったり、魔物であるライムやガブが参加しているからか、なかなかカオスな現場となり、精神年齢でいえば十歳より高いであろう僕でも、心の底から楽しい時間を過ごすことができた。

そんなこんなであっという間に時間は過ぎ、夕方。まだ少女たちは元気いっぱいに遊んでおり、さすが子供は体力が凄いなと思っていると、ここで突然少女のとある声が耳に入った。

「らいむちゃんどこいくのー！」

思わず声の方へと視線を向けると、そこにはなぜかぴょんぴょんと跳ねながら、皆から離れていくライムの姿があった。

「ライム……？」

先ほどまで皆と楽しげに遊んでいたばかりに、突然のこの行動は不思議であった。

……なんだかいつもと様子が違う？

その姿にふとそう思った僕は、一緒に遊んでいた少女たちに断りを入れると、皆に向かって声を掛ける。

「みんなごめん！　僕一人でライムを追いかけるから、みんなはガブと一緒に遊んでて！」

言葉の後、走ってライムを追いかける。そんな僕の様子に、後方で特に年齢の低い子たちが「らいむちゃんと、おいかけっこずるいー」と言ったりしていたが、そんな子たちをイヴや年長組の子たちが説得してくれた。僕はそんな彼女たちに感謝の念を抱きつつ、ライムの姿を追った。

……ライムを追いかけつつ、意外と移動速度が速いなと驚いていると、ライムは斡旋所の敷地の一画、木が密集しているところにぴょんと入ると、そこで動きを止めた。

「ライム、どうしたの？」

近づき、ライムにそう話しかける。

しかし、ライムから特に感情が返ってこない。いや、そればかりか、ぐにゃりと不自然に形が変わっているような――

「ライム!?　大丈夫なの!?」

慌てて、声を掛ける僕。その眼前で、ライムが先ほどまでとは比較にならないスピードで、突然ぐにょぐにょと形を変え始めた。その様子に、僕はふとある現象を思い出す。

「もしかして――存在昇華？」

――存在昇華。何かしらの条件を満たした魔物が、その存在をより強いものへと変える現象である。

わかりやすい例を挙げるのであれば、ゴブリンがホブゴブリンに、ホブゴブリンがゴブリンキングへと変わる現象のことであり、前世の言葉で言えば進化が最もわかりやすいか。

とにかく、魔物には一定条件で存在昇華するものがいるというのが、この世界の常識であるし、僕も知識として当然のように知っていた。

――しかし、まさか図鑑に登録した魔物もするなんて……。

驚きながら、僕はライムをじっと見つめる。

目前のライムはぐにょぐにょと形を変え続け、そして五分ほど経過した時、その身体が光に包まれた。

そして遂《つい》に光が収まった時、そこには――今までと何も変わらないライムの姿があった。

「あれっ⁉　存在昇華じゃないの⁉」

慌てて、僕は図鑑を召喚する。そしてペラペラとめくり、ライムのページを見つける。

「あ！　記載内容が追加されてる！」

以前まで、グリーンスライムとしてその情報が記載されていたのだが、その横に新たなページが追加されていた。

「えっと、名前は……リカバリースライム？　聞いたことがないな。それで能力は【吸収】、【分解】、【形状記憶】、【融合】……か。うーん、これはどういう能力なんだろう」

そう頭を悩ませていると、ここでライムがぴょんと飛び跳ねた。

「ライム！　存在昇華おめでとう！」

そう言うと、ライムは嬉しそうな感情になった後、何やら得意げな様子を見せた。

「ライム……？」

僕が首を傾げると、ここでライムがうにょうにょと触手を伸ばしてくる。

――少し前に覚えた、薬草が欲しい時の合図である。

「薬草が欲しいの？　わかったよ」

僕は慣れた様子でそう言うと、下級薬草を実体化する。

「ほら、下級薬草だよ」

そしてそう言いながら与えると、ライムはそれを触手で絡め取り、体内へと取り込んだ。

「存在昇華したからお腹が空《す》いたのかなー？」

そもそもお腹が空くのかどうかわからないが、そんなことを考えながらライムを眺めていると

――


「あれ……？」

ここで、ライムが今までとは違う動きを見せる。なんと、体内に取り込んだ下級薬草を溶かした後、体の中でその溶けた液体を攪拌《かくはん》し始めたのだ。

「薬草を混ぜていったい――」

初めて見る行動に驚きつつその姿をじっと見つめていると、その後数秒してライムは攪拌をやめた。そして何やら満足げな感情になった後、触手を伸ばし、僕の手にちょんちょんと触ってくる。

「どうしたの……ん？　こうすればいいの？」

どうやら僕の手で何かをやってほしいようなので、僕はライムの指示通りに両手を器のような形に合わせた。

するとライムは触手を伸ばし、僕の手の中に先ほどの液体を注いできた。

――その色、匂い、そして先ほどの図鑑の説明を思い出して……僕は驚きに目を見開く。

「もしかして、下級ポーション⁉」

どういうこと⁉　ライムが作ったの⁉

思いながらライムへと視線を向けると、ライムは誇らしげに触手で丸を作った。

「凄い！　凄いよライム！」

僕はライムに笑顔を向ける。

――リカバリースライム。その名前を耳にしたのは初めてであったが、どうやら下級薬草から下級ポーションを作れる存在のようだ。そしておそらくではあるが、先ほどの図鑑の説明を思い出せば、更に派生して植物から有用なポーションを作り出せるという能力なのではないか。

もし仮にそうなのであれば――ライムの価値は計り知れない。

……にしても、なぜライムは存在昇華をしたのか。

ふと、僕の脳内にその疑問が浮かぶ。

実際ライムは戦闘を行ったりはしていない。そればかりか、何か特別なことをした覚えもない

……いや、一つだけあったか。

「もしかして、下級薬草を与えていたから存在昇華したのかな？」

そう、唯一変わっている習慣として、僕は事あるごとに下級薬草を与えていた。

それはどうやらライムが好みのようだったので与えていただけなのだが、仮にそれが今回の存在昇華に影響したのならば。

あくまでも仮定ではあるが、もう少し派生させて——スライムは、そういった食の好みとか環境で進化の方向が変わっていく……？

もちろん証拠もほとんどない空想のようなものであるが、それでも仮にこれが真実なのであれば、きっと物凄い発見なのではないだろうか。

——と、そんなことを考えたりもしたが、ひとまず今回の出来事は皆さんに伝えるべき内容であったため、僕はライムを抱えると、すぐさま少女たちの元へ向かった。

そして再び断りを入れると、斡旋所内に入り、皆さんへ今回の出来事を報告したのであった。

八章　苦悩

ライムの存在昇華について皆さんに話したところ、案の定かなり驚いていた。

そしてこれについては僕の方が驚きだったのだが、どうやらリカバリースライムという名を皆さんも初めて聞いたようであった。

その変化自体かなり凄《すご》いことなのだが、実際ライムの姿形が全く変わっていないこともあってか、とりあえず能力検証は今後するとして、ひとまずはいつも通り接するという結論に至った。

と、そんな驚きの出来事があった翌日。

この日も特に予定がなかったため、僕は二匹の能力検証も兼ねて、グラジオラスさんと特訓を行うことにした。

グラジオラスさんと詳細を詰めた後、斡旋《あっせん》所を出ようとし……ここで、突然声を掛けられる。

「あの、レフトくん、グラジオラスさん」

「あれ、イヴ。どうしたの？」

「もしも迷惑じゃなければ……私も、特訓に参加させてほしいです」

「……えっ⁉」

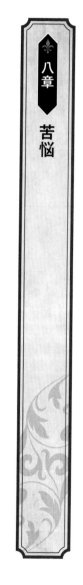

まさかの申し出に驚き、グラジオラスさんへと視線を向ける。

グラジオラスさんはというと、あっけらかんとした様子で口を開く。

「俺は別に構わないぞ！」

「危険ではないのでしょうか」

「イヴの強さはDランク冒険者並みさね」

「あ、コニアさん。そうなんですか？」

ここでコニアさんがそう声を掛けてきたため、僕は首を傾《かし》げる。

「ええ。この子の身体能力の高さは人族とは比べものにならないさね。だからたとえ目が見えなくとも、それを聴覚で補いながら戦うことができる」

Dランク並みということは、僕と同程度の強さということか。確かにそれならば、グラジオラスさんも了承しているし、ついてきても問題ないだろう。

「それなら大丈夫そうですかね」

「おう！　ただ狙われているのは確かだからな！　念のためリアトリスにもついてきてもらおう！」

「ちょっとリアトリスさんにお願いしてきますね」

「ガハハ！　頼んだ！」

確かに瞬間移動のできるリアトリスさんが近くにいれば、より安全だ。そう思いながら、リアトリスさんに話を振ると、間髪いれずに了承してくれた。……抱きつきというおまけ付きで。

「ありがとうございます、リアトリスさん」

「レフちゃんのためなら喜んでだよ！」

彼女の胸に埋まり、甘い香りを全身に浴びながらお礼を言うと、リアトリスさんはぎゅっとする力を強めてくる。

それにより、僕は息ができなくなり意識を失いかけるというハプニングはあったが、とりあえずリアトリスさんの了承を得られたため、僕たち四人は近くの草原へと向かった。


草原に到着した後、僕たちは早速特訓を始めた。

ひと口に特訓といっても様々であるが、今回は乏しい実戦経験を補うこと、そしてイヴがこの前の僕の話を聞いて、じっとしているだけじゃなくて何か行動をしたい、まずは一人で生きていける力を手に入れたい……ということで、魔物との戦闘を主に行うことにした。

僕がまずDランクの魔物と何度か戦闘を行い、続いてイヴの番になった。

「では、いきます！」

僕と同じ革製の鎧《よろい》という軽装に身を包んだイヴは、短剣を構えながら気合い十分にそう言うと、姿勢を低くし、目前のゴブリンに向かって駆け出した。

……ッ！　はやい！

そのスピードに思わず目を見開く僕。その眼前で、数十メートルあったゴブリンとの距離をあっという間に詰めたイヴは、その素早い動きのままゴブリンに攻撃を仕掛けた。

攻撃を加えては避《よ》けて、加えては避けて。まるで目が見えているかのように、ヒットアンドアウエーを華麗にこなしながら、徐々にゴブリンの体力を削っていく。

そしてほんの数分のこと、遂《つい》に一度も怪我《けが》を負うことなく、ゴブリンを討伐した。

「……凄い」

「久しぶりの戦闘と聞いたが、見事だな！」

「ええ。これなら、Dランクの魔物相手でも大丈夫そうね」

「あ、ありがとうございます！」

言いながら頭を下げるイヴ。嬉《うれ》しいのか、尻尾はゆらゆらとし、頭上の猫耳はぴょこぴょこと動いている。

その姿に、負けてられないなと思いながら、この後僕は何体もの魔物を討伐した。

その間、一人で戦ったりガブと協力して戦ったりしたが、やはり意思の疎通が難しく、なかなか上手に戦うことができなかった。

……ただ、一つだけ大きな収穫があった。それは、ライムの回復能力の活用方法である。

「ライム、バランスは大丈夫かな？」

そう聞くと、頭上で僕にくっついているライムは、大丈夫という感情を僕に伝えてくる。

……これまでライムは戦闘に参加することはできず、どちらかというと愛玩動物に近い立ち位置であった。

しかし今回、存在昇華によりリカバリースライムになったことで、ポーションを作ることができるようになった。つまり、ライムが回復役を担うことができるようになったのだ。

とはいえ、ライムが別行動をしていてはその回復能力も十全に活用できない。

そこで僕が考えたのが、ライムに頭の上に乗ってもらうことだ。

これならば、僕が傷を負ってもすぐさまライムが下級ポーションで回復してくれる。……まぁ、姿形はなかなかに不恰好《ぶかっこう》ではあるが。

と、そんなこんなで様々な感情を覚えながら、この日の特訓は終了となった。

「僕とイヴで模擬戦ですか？」

数日後、いつものように特訓をしていると、グラジオラスさんからそう提案される。

「そうだ！　二人とも魔物との戦闘にはだいぶ慣れたようだからな！　ここらで同じレベルの者同士、対人訓練を行うのもいいかと思ってな！」

「なかなか対人訓練を行う機会はないからね。きっと良い経験になると思うわ」

続いたリアトリスさんの言葉を受け、僕は隣に立つイヴへと視線を向ける。するとイヴはこちらに顔を向けた後、うんと頷《うなず》いた。

「私、やってみたいです」

「了解。それじゃあやってみようか」

こうして、グラジオラスさん、リアトリスさん立ち会いのもと、イヴと模擬戦を行うことになった。

とはいえ、当然お互いに大怪我をさせるわけにはいかないため、武器はリアトリスさんが持ってきてくれていた木剣を使うことになった。

十メートルほど離れ、イヴと対面する。そして僕が片手剣を、イヴが短剣を手に持ちながら構える。

「「…………」」

真剣な表情で向かい合う僕たち。そして――

「はじめ！」

というリアトリスさんの合図を受け、僕たちは駆け出した。

……っ！　はやっ！

凄《すさ》まじい速度で迫ってくるイヴ。今までも彼女の戦闘風景は何度も目にしていたし、そのスピードも理解しているつもりだった。しかし対面することで、それが想像以上のものなのだと実感する。

イヴはあっという間に僕の眼前にやってくると、シュッと短剣を振るってくる。

その攻撃を僕は避けられず――

「フィルトの木！」

眼前にフィルトの木を実体化することで、なんとか攻撃を免れた。

イヴはフィルトの木を短剣で叩《たた》いてしまい、少し手が痺《しび》れた様子で、一度バックステップで距離を取る。

僕はフィルトの木に触れると、すぐさま収納した。

……危なかった。咄嗟《とっさ》にフィルトの木を出していなかったら、完全にやられていた。

僕はじっとイヴを見つめながら、思考する。

……単純な身体能力では間違いなく向こうが上か。僕の今のレベルは20だから、たとえ非戦闘職と同程度のステータスだとしても、それなりに高い値のはずだ。

一方でそのレベルはわからないが、戦闘経験の乏しいイヴ。にもかかわらず、向こうの方が単純なステータスでは上となると……獣人がどれだけ優れた身体能力を有しているかをはっきりと理解できる。

……ステータスでは負け。つまり単純に真正面から戦ったらきっと何もできずに終わってしまう。なら、植物を使った搦《から》め手《て》……これでいくしかない。

イヴがこちらの様子を窺《うかが》いながら、じりじりとその距離を詰めてくる。

僕もその姿をしっかりと目に収めながら、はっきりとその名を唱える。

「フィルトの木」

再び眼前に現れるフィルトの木。これにより、僕はイヴの姿を見失う。同様にイヴも僕の姿が知覚しにくくなったことだろう。

普通に考えれば、ただでさえ凄まじいスピードを誇るイヴ相手に、自身の視界を塞《ふさ》ぐ行為は明らかに悪手である。

しかし今回に関していえば、これが効果的な作戦だと僕は確信していた。

フィルトの木の陰から、イヴの様子を窺う。イヴはこちらがフィルトの木を出したことで何か警戒した様子であったが、彼女には遠距離攻撃はなく、僕を倒すには接近する他ないため、すぐさまこちらへと駆け出してきた。

そして相変わらずの凄まじい速度のまま、フィルトの木を回り込み、僕の眼前に現れる。

僕は背をフィルトの木に預けながら、イヴの姿を絶対に逃さないようジッと見つめる。そして――

「……シッ！」

僕目掛け、短剣を振り下ろすイヴ。それを見越していた僕は、片手剣を振り上げることでそれに対応しようとし――しかし、ここでイヴはその並外れた身体能力で短剣を一度引っ込めると、その軌道を変え、僕のお腹へと突きを放ってきた。

――完全に不意をついた一撃。

普通に考えれば、僕はこの攻撃により負けとなったはずであるが……残念ながら、この攻撃は僕の読み通りであった。

短剣が迫る中、僕は背後のフィルトの木を消す。背中を預けていた僕は、木がなくなったことで支えがなくなり、後方へと倒れ込む。

これにより、短剣の突きの威力を軽減することができる。……しかし、それだけではこの場を逃れることはできても、イヴに勝つことはできない。

「だから搦め手を使わせてもらうね」

「……ッ！」

何かに気づいたのか、イヴが突きを引っ込めようとし……しかしそれは間に合わず、短剣の切っ先は僕の腹部――そこに実体化した爆裂草に触れた。

瞬間、大きく爆《は》ぜる爆裂草。

慌てて後方へ逃げようとするイヴ。しかし回り込んだことで風下になったため、風により広がる毒の粉をイヴは完全に避けることができず、吸い込んでしまった。

「ごほっ！　ごほっ！」

むせるイヴ。そして動こうとするも麻痺《まひ》毒が回ったのか、バタリとその場に倒れた。

……それにしても、爆裂草を使っては危険なのではないか。そう思う人もいるかもしれない。

しかし、実は爆裂草の毒性は強いが、人族相手では死なせてしまうほどの威力はなく、せいぜい身体が痺れる程度である。また即効性もないため、すぐさまポーションを使用すればあっという間に麻痺も治るのである。

……とはいえ、イヴはそのことを知らないため、きっと今頃驚いているはずである。だからこそ早く解いてあげようと、僕はイヴに近づき、ポーションを振りかけてあげた。

「……ごめんね、イヴ。大丈夫？」

「は、はい。ちょっとびっくりしましたが、特に身体に問題はありません」

「よかった」

「ガハハ！　まさか爆裂草を使うとはな！」

「そうね、レフちゃんのことだから考えなしではないと思ったけど、少しビックリしたわ」

「ごめんなさい。あの場で思いつく対応がこれしかなくて……」

「謝らなくて大丈夫ですよ。それよりも、最後の展開。まさかあんな方法があるなんて。短剣を腹部に向けた瞬間、正直勝ったと思っちゃいましたよ」

「イヴの身体能力が高いことはこれまででわかっていたからね。だからわかりやすく剣で迎え撃てば、ガラ空きの腹部に狙いを変えるかなって思ったんだ」

「なるほど、全部読み通りだったんですね」

……正直、半分賭けであった。何よりも今回は木剣であったため、ここまで大胆な行動ができたのだ。これがもし真剣だったら、果たして僕は彼女に勝てていたのだろうか。

そう内心でなんとも言えない思いを抱いている中、イヴは言葉を続ける。

「……あの、レフトくん相手なら学ぶことがたくさんありそうです。だから、今後も時々模擬戦をしてくれませんか？」

「もちろん、僕でよければいつでも相手になるよ。イヴとなら僕も学ぶことがたくさんありそうだしね」

「本当ですか！　ありがとうございます！」

そんな会話の後、この日の特訓は終了となった。

そして翌日以降は、魔物と戦ったり、模擬戦をしたりと同じような生活が続いた。

しかしその数日の間、イヴを狙う女たちの動きにこれといって進展はなかった。

そして同時に、僕の成長にも目に見えるようなものはなかった。

対し、僕と共に特訓を行っているイヴは、持ち前の身体能力と、模擬戦の中で会得したフェイントの力で目に見えて強くなっている。

そんな彼女相手に、僕は段々と苦戦するようになり——そして初めての模擬戦から数日後、通算五度目の模擬戦で、僕は遂にイヴに完敗をした。

「…………」

その夜。やることを全て終えた僕は部屋に戻った。グラジオラスさんとヘリオさんはまだやることがあるようで、現在部屋には僕一人である。

シーンと静まり返った部屋の中で、ベッドに横になり、天井を見つめる。部屋の淡い明かりに照らされ、視界に映るその天井は、お世辞にも綺麗《きれい》とはいえない。しかし、手入れだけはしっかり行っているようで、汚らしい印象はなかった。

……みんなしっかり掃除してるんだな。

そうなんでもないことを考えたりしていると、ここで不意に僕の脳内にとある言葉が浮かんだ。

「『植物図鑑』……かぁ。使い方によっては危険かなぁ？　けど、どうやら植物使いくん自身には、非戦闘職と同じくらいの身体能力しかないみたいだし、放置でいいかなぁ」

魔族の少女――リリィの言葉である。

「……非戦闘職並みか」

今までも、自身のステータスが戦闘系ギフト持ちと比較して、魔力以外の数値が低いことは自覚していた。

だからこそ色々と工夫して戦おうとそう考えていたのだが……今回イヴに敗北したことで、ステータスの低さが確かなものであると、はっきりと理解してしまった。

――圧倒的な力と優しさで人々を救う火竜の一撃の皆さんのようになりたい。

そう思って今まで頑張ってきたのだが、今回の経験で果たしてこのままで本当になれるのかと少し不安になってしまう。

「…………」

考えたところで、現状では僕のステータスの伸びを良くする方法などない。そう思っているのだが、勝手に考えが浮かび、どうもモヤモヤしてしまう。

「……よし、寝るか」

やはりこれ以上今の感情のままいても建設的ではないと思った僕は、そうぽつりと呟《つぶや》くと、ゆっくりと瞼《まぶた》を閉じた。


翌日。この日はグラジオラスさんとの特訓の日なのだが、どうやらイヴは別にやることがあるようだ。故にリアトリスさんも参加しないということで、珍しく僕とグラジオラスさん二人だけの特訓となった。

僕たちはいつものように魔物を討伐していたのだが、一体倒したあたりで、不意にグラジオラスさんが声を掛けてきた。

「レフト、何かあったのか？」

「……え？」

「特訓に全く身が入っていないように見えるぞ」

「あ、ごめんなさい」

「何かあったなら俺に言ってみろ！　どうせ大したアドバイスはできないが、話を聞くことはできるぞ！」

言って豪快に笑うグラジオラスさん。その真っ直《ます》ぐな笑顔を見ていると、この人になら話してもいいかもしれないと、不思議とそう思えてくる。

「じゃあ、お願いしてもいいですか？」

「おう、まかせろ！」

グラジオラスさんの言葉の後、僕はここ数日ずっと考えていた悩みを彼に話した。

「なるほどな……」

「僕は本当にこのままでいいのでしょうか」

「このままでいいか悪いか。それで言えば、きっと悪いのだろう！」

「やっぱり……」

「だがな、レフト。お前は本当にこのままなのか？」

「……えっ？」

「レフトはいつもたくさん考えて行動しているだろう？　なのに、このままなのか？」

「それは……」

確かにそう言われれば、このままではなく、思考を通じて日々工夫をすることで、たくさん変化していくことだろう。

しかし、そこで言うこのままと、僕の考えるこのままは同じ言葉ながらその意味が少し違う。

脳内で思わずそう考えてしまう僕に、グラジオラスさんは真っ直ぐな瞳で声を上げる。

「なら、大丈夫だ！　考えて、成長できるなら大丈夫だレフト！」

「グラジオラスさん……本当に大丈夫でしょうか。考えられるから、それで成長できるから……それで僕は目標に届くのでしょうか」

「届くさ！」

「なぜそこまで……」

「『拳闘術』という平凡なギフト持ちでも、火竜の一撃の皆と張り合えている俺という前例がいるからな！」

「『拳闘術』……？」

僕は初めて聞くその事実に、思わず目を見開く。

「そうだ！」

「てっきり『闘王』とかだと」

『闘王』とは、過去に実例があったと言われている、格闘系最強のギフトである。

グラジオラスさんの若さ、そしてその強さから、てっきりこういった凄まじいギフトだと思っていたのだが、まさかごくありふれた『拳闘術』とは。

そう思い思わず呟いた僕の言葉に、グラジオラスさんは豪快に笑い声を上げる。

「ガハハ！　よく言われる！　だが、実際は『拳闘術』だ！」

「……グラジオラスさんはどうやって皆さんに並んだんですか」

「なんのことはない！　努力と工夫だ！　それに限る！」

「努力と工夫……」

明確な答えとはいえないそれを僕が復唱すると、ここでグラジオラスさんが何かを懐かしむような表情で口を開いた。

「……レフトには言ったことあったか。俺とヘリオは幼馴染《おさななじみ》なんだがな、どちらも昔はそれはそれは弱かった」

「お二人が……？」

「そうだ。同年代と比較しても、かなり弱かったぞ！　それでも、諦めずに努力と工夫をしたことで、俺たちは今この地位を手に入れることができた！」

力強いその言葉の後、グラジオラスさんは僕の肩に手を置くと、さらに言葉を続ける。

「レフト、お前は賢い。俺の何十倍も賢い。だから、もっと頭を使え！　もっともっと工夫しろ！　そうすれば必ず壁を越えられる。……頭の悪い俺でもできたんだ。レフトなら楽勝だ！」

グラジオラスさんのその言葉に、明確な答えはない。それでも、その力強い声音に今までのモヤモヤがスッキリと晴れた。

――もっと頭を使う。そうだ、なにを弱気になっている。ギフト授与式で馬鹿にされても、諦めなかったじゃないか。だから今があるんじゃないか。なら、あの時のように、過去のグラジオラスさんたちのように、たくさんの経験の中で、壁を越えるための僕なりの答えを模索していこう。

目前で真っ直ぐに期待の視線を向けてくれる、グラジオラスさんの期待に応えるためにも――そして、目標に辿《たど》り着くためにも。

「グラジオラスさん、ありがとうございます！　僕、頑張ります！」

「おう、そうだ！　やはりレフトはその目がいい！」

言ってガシガシと頭を撫《な》でてくれるグラジオラスさん。その手の温かさを感じながら、絶対に皆さんのようになるんだと、僕は改めてそう決意した。

九章　コニアの思い

グラジオラスさんの励ましを貰《もら》った僕は、それから数日間真面目に特訓を行った。

きちんと頭を悩ませ、工夫を重ねていき、僕は一つ——今後の人生を左右するほどの大きな気づきを得ることができた。

と、そんな有意義な生活を送っていると、とある日、斡旋《あっせん》所に来客があった。

コニアさんが対応をし、部屋へと通す。

来客は部屋に入ると、被《かぶ》っていたフードを外し、外界にその容貌を晒《さら》す。

——僕はその人を知っている。以前騎士団で僕たちの対応をしてくれた、騎士団三番隊の隊長である。

なぜ今回訪ねてきたのか。

いつもの会議室で皆さんと話を聞くと、どうやら進展の有無の確認と情報共有を行う目的でやってきたようだ。

ということで話をしたのだが、結果を言えば互いにこれといって進展がないのが現状であった。

しかし、一つ気になる情報を得たようで、隊長が口を開く。

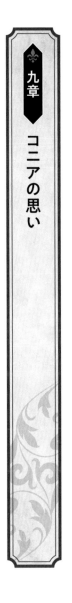

「ルートエンド家については、騎士団がひそかに監視しているのだが……不気味なことに最近屋敷への出入りがない。屋敷にいるのか、それとも屋敷を抜け別の拠点にいるのか。ずっと監視をしているが、それすらもわからないというのが現状だ」

「もう一度家宅捜査とかはできないのか？」

「一度行って問題ないという結果が出てしまっているからな。よほどはっきりとした証拠でもない限り、それは難しいだろう」

「そうか」

「じれったいが……相手が力のある貴族である以上、筋道を踏まなければこちらが不利になるからな。そこはきちんとやっていくほかない」

確かに面倒なことだし、イヴたちのためにも早く解決してあげたいところだが、相手が貴族である以上、強硬策は取れない。

「あの……」

と、ここで今まで話を聞いていたコニアさんが、唐突に口を開く。

「どうしました」

「あの子たちが、イヴ以外の子たちが避難できる安全な場所が欲しいのですが……」

騎士団の隊長相手だからか、いつもより緊張した面持ちのコニアさんが、丁寧な口調でそう声を上げる。

その言葉に、隊長はじっとコニアさんを見つめたまま、口を開く。

「イヴさん以外……詳しい話を聞きたい」

「は、はい。今回最も目をつけられているのがイヴなので、イヴと他の子たちは別で安全な場所を確保した方がいいと思うのです」

「……なるほどな。確かに俺たちだけで全員を守るよりかは、イヴ一人の方が対応はしやすいな」

ヘリオさんが同調するように頷《うなず》く。

それを受け、隊長はなるほどといった様子で口を開く。

「そういうことか。……わかった。それならば、他の少女たちは一度騎士団で預かろう。そしてついでに生きる術《すべ》を教えておこう」

「騎士団で……ありがとうございます！」

「あ、隊長さん。ついでにお願いしたいんだが、イヴと俺たち用の拠点になりそうな空き家とかを用意できないか？」

「空き家か。どの程度を希望する？」

「なに、斡旋所だと居場所が向こうにバレているから、どこか別で住む場所が欲しいだけだからな
……あー、そうだな。五、六人用の一軒家で、住める環境でありゃいい」

「了解した。では、騎士団所有の空き家がいくつかあるから、その中の一つを貸そう。今すぐ内見できるが……早速向かうか？」

「あぁ、話が早くて助かるわ。……お前らはどうする？」

「あたしは念のためここに残るさね」

「レフトは？」

「僕も一応残ります」

「じゃあ私も」

と僕の言葉にリアトリスさんが続く。

結局マユウさんもこちらに残ることになり、ヘリオさんグラジオラスさんの二人は、隊長と共に内見へと向かった。

残った僕たちは……特にすることもなかったため、やることを終えた少女たちと共に遊ぶことにした。

ライムとガブを実体化する。すると少女たちから嬉《うれ》しそうな声が上がる。——もうすっかり、二匹はみんなのアイドルである。

その後、僕はイヴとりゅーちゃんに手を引かれるままに少女たちの輪の中に入った。どうやらリアトリスさんたちも同様のようで、少女たちに誘われるがままにそれぞれ遊んでいる。

僕もイヴたち数人と共にボール遊びなどをしながら、とても楽しい時間を過ごした。

そしてあっという間に経過すること数時間。

現在、僕、コニアさん、リアトリスさん、マユウさんの四人は、椅子に腰掛けながら、目前で元気に遊ぶ少女たちの姿を眺めていた。

そしてそのまま、ぽつりと呟《つぶや》くようにリアトリスさんが言葉を漏らす。

「みんな幸せそう」

「これもコニアさんが彼女たちを保護してくれたから目にできた光景ですよね」

僕が微笑《ほほえ》みながらそう言うと、コニアさんは小さく笑った後、その視線を下げる。

「それはまぁ、間違いないし、みんなの笑顔は心の底から嬉しいさね。でも、時々ふと思うよ。あたしはそんな彼女たちを売って生活しているのだと。……それは決して褒められたことではないさね」

「そんな！」

そんなことはないと言おうと、リアトリスさんが口を開く。だが、コニアさんの内心を考えてか、なかなか言葉が出てこない。

見かねたマユウさんが、彼女の言葉を代弁するかのようにポツリと呟く。

「たとえ売って生活しているというのが事実でも、それで救われた人間がいることに変わりはない。それに彼女たちの環境改善にも取り組んでいる現状を考えれば、それは間違いなく誇るべきこと」

その言葉に続けるように、僕が口を開く。

「トゥレ・イース・ユー」

「…………っ」

「コニアさんの好きなこの言葉の通り、あなたの行動からは慈愛の精神を感じます。だからそんなあなたの行動を、あなた自身が否定しないであげてください」

真剣に告げた僕たちの言葉を受け、コニアさんがグッと口を結ぶ。そして数秒ほど目を瞑《つむ》った後、ポツリと呟くように言葉を漏らす。

「……トゥレ・イース・ユー。……あたしはバカだね。あたしがこれを否定したら、あの子たちも悲しむというのに。……大事なことを思い出したさね。ありがとうねぇ、みんな」

言って微笑むコニアさんの姿からは、本気で少女たちのことを思う優しい心が感じられ――コニアさんと少女たちの素晴らしい関係がいつまでも続きますようにと、僕は心の中で本気でそう願うのであった。

とある廃墟《はいきょ》のその一室。風化し、穴が開いた天井から月明かりが注ぐだけの薄明かりの中に、二人の男女がいた。

「ぐふっ、作戦は順調か？」

ブクブクと太った醜い身体に、醜悪な笑みを浮かべた男が、近くに腰掛ける女に問う。

その声に、赤黒い髪に蛇のようにするどい目を持つ妙齢の女が、なんとも嫌そうな表情を浮かべながら答える。

「ええ、順調ね。強力なお人形が三体も手に入ったわ」

「ぐ、ぐふっ。それはいい！　ならば……あとはあの獣人だけか」

「そうね。あとはあの子が手に入れば、きっと私の夢が叶《かな》うわね」

言って微笑む女。対して一方の男は取り乱した様子で女へと問う。

「しかし、あの獣人の側《そば》には火竜の一撃がいるのだろう⁉　それに騎士団の見回りもあって……ほ、本当に大丈夫なのか⁉」

女は視線を少し上にした後、至極落ち着いた様子のまま口を開く。

「確かに厄介だけど……心配ないわ。いざとなれば、私たちにはアレがある」

男の表情が明るいものへと変化する。

「お、おぉ！　そうであった！　アレなら火竜の一撃程度瞬殺すること間違いない！」

男の言葉に女はふふっと笑った後、相変わらず平静のままニッと笑みを浮かべる。

「……ま、きっとアレすら使わずに、あの子は手に入れられると思うけど。この後よね？　ヴォルデ」

「そろそろのはずであるが……」

と、女の問いに、男――ルートエンド子爵家当主であるヴォルデ・ルートエンドが答えたところで、トントンと部屋の扉を叩《たた》く音が響き渡った。

「おお、来たな！」

女の言葉の後、古い扉がキーッという音を立てながら開けられる。

「入りなさい」

そしてその奥、暗闇の中から一人の女が姿を現した。

妙齢の女はその姿をしっかりと目に収めると、愉悦に浸りながら声を掛けた。

「よく来たねぇ、コニア」

その言葉に、部屋にやってきた女——斡旋所の長であるコニアは、ニッと笑みを浮かべる。

「久しぶりさね、ネフィラ様、ヴォルデ様」

「おい、コニア。じょ、状況はどうなった？」

ヴォルデのその言葉に、コニアは小さく息を吐く。

「さすがにイヴを一人にはできませんでした。でも、とりあえず彼らだけを隔離することはできました」

「ふふっ、助かるわ。もちろん隔離場所も把握してるのよね？」

「もちろんです。場所は——ここ」

言いながら、地図を広げ、コニアは一点を指差す。

「ふーん、騎士団所有の空き家ね。……一応確認だけど、もちろん嘘《うそ》ではないわよね？」

「……嘘なんてつけないことは、ネフィラ様の方が理解しているはずです」

ジッと女を見つめながら言うコニアのその言葉に、女は楽しげに目を細める。

「ふふっ、そうね。……ま、そもそも私はあなたの視界をきっちりと監視しているわ。だから、元々空き家の場所は把握していた。……少しからかっただけよ、許してちょうだい」

「……肝が冷えるから、なるべくやめてほしいさね」

「ふふっ、ごめんなさい。……まぁ、とにかくこれで舞台は整ったわ」

女のその言葉に、ヴォルデは歓喜の表情を浮かべる。

「そ、それじゃぁ遂《つい》に！」

「えぇ。明日、決行しましょう。私たちの目的のために、獣人の少女――イヴの確保を。……コニア、全てはあなたにかかっているわ。くれぐれも失敗しないようにね」

「もちろん、任せてほしいさね。全てはネフィラ様の夢のために」

そう言って、イヴを狙う女――ネフィラの前で、コニアは人の悪い笑みを浮かべた。

十章　襲撃

「先ほど、公爵様より突入の許可を頂けた」

とある日。騎士団三番隊隊長が、真剣な面持ちのままそう告げた。

「遂《つい》にか。何か証拠が出たのか？」

「そうだな。今まで疑惑だったものを確信づける証拠がいくつか見つかった。それをもとに正式な手続きを行い、つい先ほど許可を得たというわけだ」

「具体的に教えられる？」

マユウさんが真剣な、しかし相変わらずの無表情で首を傾《かし》げる。

「多少ぼかすことになるが……まずいくつかの廃墟《はいきょ》でやつらの痕跡を見つけた。その側《そば》には様々な人間の体液……まぁ、主に血だな……それが見つかった。その後いくつか鑑定を行ったところ、それらがやつらの仕業であると判明したというところだな」

「なるほど」

「最近屋敷にいないというお話でしたが、やはり別に拠点があったんですね」

言って僕はうんと頷《うなず》く。

「まぁ、肝心の現場を押さえることはできなかったがな」

言葉の後、一拍置き口を開く。

「……つい先日、件《くだん》の女とヴォルデ子爵の姿を屋敷で確認できた。現在も監視を続けているが、以降外に出た形式はない」

「だから屋敷へ突入ってわけか」

「あぁ」

「屋敷へは誰が向かうのかしら？」

「そこは我々騎士団の三番隊、四番隊が行う予定だ。火竜の一撃の皆さんには、念のため獣人の少女の保護を任せたいと考えている」

「まぁ、それが無難か」

「皆さんも屋敷への突入に参加したいという思いがあるかもしれないが、今回はどうかご容赦いただきたい」

「仕方ないわ。私たちはイヴとコニアさんの保護をきちんと完遂しましょう」

「ん」

「そうだな！」

リアトリスさんの言葉に、僕たちはうんと頷く。その姿を見て、コニアさんが目に涙を溜《た》めながら、感激した様子で「ありがとねぇ、みんな」と言う。

そんな彼女を皆で宥《なだ》めたところで、三番隊隊長が改まって声を上げた。

「……とはいえ、こちらの状況は逐一伝えた方がいいだろう。そこで──」

そう言った後、唐突に僕の脳内に声が響いてくる。

(どうだ……聞こえるか……?)

「……っ!?」

どうやら皆さんも同様だったようで、一様に目を見開く。

「これは……どういう……」

(俺のギフト『諜報術《ちょうほう》』の能力だ)

「随分と珍しいギフトだな」

(あぁ、国内外合わせても数例しか確認されていないそうだ)

「とても便利」

「──と、この力はおおよそ公都内であれば、どこでも使用できる」

「なら、基本的には大丈夫か。で、それは一方通行なのか?」

「……あぁ、申し訳ないがこちら側の情報を伝えることしかできない」

「了解。まぁ、イレギュラーがない限りはこっちの情報が必要になることはないか」

「そうね。向こうの情報がわかるだけで凄《すご》くありがたいわ」

「……なんにせよ、ようやく行動を起こせるな」

「ですね」

「みんなのためにも、絶対に完遂しなきゃね」

言って皆で頷いたところで、ヘリオさんが首を傾げた。

「……あ、そういやあれはどうなった？」

「あぁ、火竜の一撃と遭遇しても女が平静だった件か。それに関しては、何もわかっていないのが現状だ」

「大丈夫なのか……？」

「一応、俺の力、三番隊の精鋭の能力で色々と探ったが、危険物は見つからなかった。唯一、女の力が高そうなことくらいか」

「どのレベルだ？」

「少なくともAランク冒険者程度の力は有していそうだ」

「なかなか高いわね」

「あぁ、だがその程度であれば騎士団で問題なく対処できると踏んでいる」

「だからこそ、今回の突入ってわけか」

「それも理由なのは間違いない」

「……わかった。くれぐれも気をつけてくれ」

「あぁ、油断せず我々の全力をもって対応しよう」

「……うし、それじゃ作戦開始といこうか」


僕たちは騎士団が用意してくれた空き家へと、リアトリスさんの転移で向かった。

メンバーは、僕たち火竜の一撃、コニアさん、イヴである。

他の少女たちについては、すでに数日前から騎士団に保護してもらっている。

「……あの、本当に大丈夫でしょうか」

空き家のリビングで全員が腰掛ける中、唐突にイヴがそう言葉を漏らす。

しかしそれも当然か。なぜならば今回の件で狙われているのが彼女自身なのだから。あらゆる面を考え、不安を覚えるのは致し方ないといえよう。

だからこそ、僕はニッコリと笑顔のまま彼女に声を掛ける。

「大丈夫ですよ。だって、あの騎士団ですよ。絶対に完遂してくれます！　それに、こっちには皆さんがいるんです！　万に一つも、失敗なんてありませんよ！」

「レフトくん……そうですよね。ごめんなさい、皆さんの前で弱音を吐いてしまって」

「気にすんな。不安になるのは仕方がないことだからな」

ヘリオさんがそう言ったところで、コニアさんが表情を歪《ゆが》めながら口を開いた。

「ごめんねぇ、イヴ。あたしのせいで辛《つら》い思いをさせてしまって……」

「そんな、コニアさんのせいではないですよ！　……あの時、コニアさんに拾っていただけたから、たくさん優しくしていただけたから、今こうして私は幸せに生きていられるんです！」

「イヴ……」

「だから、自分のせいって思わないでください」

「そうさね……。一緒に乗り越えようね」

「はい！」

そんな会話の後、僕たちは先ほどよりも落ち着いた様子で何気ない話をして過ごした。

そして少ししたところで、不意にコニアさんが立ち上がった。

「ちょっとお茶を用意してくるさね」

「あ、手伝いましょうか？」

「いや、大丈夫よ。こういう仕事はあたしに任せてほしいさね」

「……わかりました。お願いします！」

僕がそう言うと、コニアさんはニコリとし、キッチンの方へと向かっていった。

それからおよそ十分後、皆の分のお茶を持ってコニアさんがやってくる。

「はいよ」

言葉と共に、コニアさんが皆にお茶を配ってくれる。

「ありがとうございます！」

そんな彼女に、皆でお礼を言う。

そして一番に配られたリアトリスさんが、喉が渇いていたのかごくりとお茶を飲み込み――

「……っ⁉」

――目を見開くと、突然バタリと倒れ込んだ。

「リアトリスさん⁉」

思わず声を上げる僕。同時に皆さんも声を上げながら、そちらへと意識を向け――ここで唐突に隊長の声が聞こえてくる。

(こちら騎士団三番隊！　屋敷に突入したが、化け物だらけだ！　だが肝心の奴らの姿は――)

……化け物？

――瞬間、何もない空間から、複数の化け物が姿を現した。

「なっ……⁉」

「ぬっ……場所がバレたのか⁉」

さすがに想定外だったのか、声を上げながら化け物の対応をする皆さん。

その行動速度はさすがで、すぐさま、倒れ込んだリアトリスさん、僕、コニアさん、そしてイヴを背後に隠してくれる。

――それにしても、この化け物は……魔物なのかな？

目前のそれは、なんとも形容し難《がた》い見た目をしている。人間のような二本足に、ドロドロに溶けたヘドロのような全身。人間でいうところの顔にあたる部分には、三つの目のようなものがあり、常にギョロギョロと動いている。

そんな化け物は現在五体存在しており、皆似たような姿形をしていた。

「……ちっ。とにかくやるぞ、ジオ、マユウ!」

「おう!」

「ん」

言葉の後、ヘリオさんが以前見せた【竜化】をし、グラジオラスさんとマユウさんが全身にオーラを漂わせる。それと同時に、化け物がこちらに襲いかかってきた。

「きたぞ……ッ!」

――と、ここで。

「……うっ」

突如背後で、そんなイヴの声が聞こえてくる。その声に釣られ反射的に後方を向くと、そこにはイヴの口になんらかの布を当てているコニアさんの姿があった。

「…………えっ」

背後からイヴの口を塞《ふさ》ぐコニアさん。そしてその布に薬品か何かが染み込ませてあったのか、意識を失っているイヴ。

目前の光景があまりにも理解できず、僕は小さく声を漏らした後、数秒固まってしまう。

その間に、コニアさんはイヴを抱き上げると、近くの開いたドアから逃げるように走っていった。

「……コニアさん!?」

「なっ……!」

ヘリオさんたちもこちらに気づいた様子だが、しかし化け物が想定外に強く、また執拗《しつよう》に皆さんのことを狙っているため、コニアさんを追えないようである。

だから僕はすぐさま皆さんに「僕が追います!」と声を掛けると、背後から「レフト!」という僕を制止する声が聞こえてくる。

しかしそれでも僕は止まらないと思ったのか、数瞬の後「……すまん! 頼んだ!」とヘリオさんは声を掛けてくれた。

「わかりました!」

僕はそう言うと、コニアさんの姿を見失わないように走った。


騎士団に用意してもらった空き家は、公都のかなり外れに位置していた。

周囲に民家はなく、人通りも全くない。

故にマユウさんの力で、こちらに悪意のある存在を見つけやすい……そのはずだったのだが、どうやら今回その判断が裏目に出たようだ。

コニアさんが眼前を走る。その姿はかなり不自然なのだが、人が全くいないせいか彼女を捕まえようとする人はいない。

……っ、騎士団の皆さんは……⁉

走りながらその姿を探すも、街を巡回しているはずの騎士団員の姿は一人として見当たらない。

「……っ、待て！」

言いながら、僕は追いかける。しかしレベルが20あり、一般人よりはステータスが高いはずなのに、なぜかコニアさんに追いつけない。

——と、ここで僕たちの眼前、道の途中に人の姿があった。

「……っくそ！」

その姿は見覚えがあった。……それも最悪な形で。

「あの時の……っ！」

そう。コニアさんが逃げた先、そこにいるのは、先日遭遇した女とその隣に立つ醜悪な男であった。恐らく男の方が、件のヴォルデ子爵であろう。そして女の方は——

「……っ、魔族だったのか！」

あの時とは違い、その背には翅《はね》を、頭にはツノを有している。その特徴は間違いなく、僕たちを恐怖に陥《おとしい》れたリリィと同じ、魔族であった。

そんな二人の元へ、コニアさんが到達する。そして二人に向け、笑顔で声を上げた。

「ネフィラ様、ヴォルデ様。イヴを確保いたしました」

「ふふっ、よくやったわ、コニア」

「ぐふっ、褒めてつかわす！」

……もしかして、グルだったの……？

「ふざけるな！」

思わず声を上げる僕。そんな僕の眼前で、ネフィラと呼ばれた女が妖艶《ようえん》に微笑《ほほえ》む。

「あら、どうしたの坊や。そんな強い口調……らしくないわよ？」

僕はネフィラのその言葉を無視し、コニアさんに向けて口を開く。

「……コニアさん！　先ほどの言葉は、今までの言葉は嘘《うそ》だったんですか!?　イヴが、みんなが大事だって！　だから、みんなを護《まも》るんだって！」

僕の言葉に、コニアさんはなんとも言えない表情でこちらを見る。

「コニアさん!!」

「……ごめんねぇ、レフト君」

「――そんな……」

「ふふふっ、あははは！　残念だったわねぇ、坊や」

「……くそっ！」

言葉の後、僕は剣を抜いた。

「あら、やるの……？」

「ぐふっ、やってやれネフィラ！」

「…………」

ネフィラ、ヴォルデが口々にそう言い、その横でコニアさんがジッとこちらを見つめている。

——コニアさんが裏切った。

その事実がショックではあるが、しかし今はそれよりもやらなければならないことがある。

……イヴを助けなきゃ。

ここで連れていかれたら、もしかしたら火竜の一撃でもすぐには見つけられないかもしれない。

もしそうなったら……考えただけでも恐ろしい。

「大丈夫かしら？　坊や」

ネフィラが妖艶な笑みを浮かべながら、余裕そうにそう言う。

その姿に、僕はギッと歯を食いしばる。

……どうする。相手は魔族。火竜の一撃を見ても平静であり、そして三番隊隊長の推測ではAランク以上の実力を持つと言われている存在。どう考えても、今の僕では勝てない格上の相手だ。

——アレを使うか……？

いや、ダメだ。リスクが大きすぎる上に、アレを行う余裕は今はない。

ならば……せめて、使う余裕はあるけどリスクもある方法をとるしかない。

僕はキッとネフィラへと視線を向ける。

向こうは相変わらず余裕が窺《うかが》える表情をしている。

……僕を舐《な》めて、ここを離れようとしない。なら、今がチャンスだ。

僕は姿勢を低くすると、勢いよく地面を蹴り、ネフィラへと肉薄する。

そしてその距離が五メートルほどまで近づいたあたりで、爆裂草を二本実体化すると、僕とネフィラのちょうど中間辺りに叩《たた》きつけた。

瞬間、噴き上がる毒の粉。

「……あら」

これにより、双方の視界が塞がる。

——これでいい。

現在の相手の立ち位置は、ネフィラとヴォルデが並び、その少し後方にコニアさんと彼女が抱えるイヴの姿がある。

……博打《ばくち》ではあるけど、きっと大丈夫。

僕は心の中でそう思うと、地面に手をつき、キャノンフラワーを実体化した。

——しかし、花は明後日《あさって》の方向を向いている。

……ハズレか！

ならばと、僕は瞬時にそれを収納すると、再びキャノンフラワーを実体化する。

……よし！

わずか二度目の実体化で、運良くネフィラの方向を向くキャノンフラワーを出すことができた。

……これなら……いけっ！

僕はすぐさま、キャノンフラワーに軽く刺激を加えた。瞬間、実が爆《は》ぜ、種が凄《すさ》まじい速度でネフィラがいる方向へと向かっていく。

……よし、ビンゴだ！

種の勢いは弱まることなく、毒の粉を抜ける。それにより粉が吹き飛び、種を中心に円状に視界が晴れる。

「……えっ」

突然現れた爆速で飛来する種に、さすがのネフィラも驚きに目を見開き――

「…………っ！」

視界が塞がっていたため、さすがに対応が間に合わなかったようで、種はネフィラの腹部へと衝突した。しかし――

「…………なっ!?」

ネフィラは一瞬苦しそうな表情をするも、しかし次の瞬間にはなんともないとばかりにこちらに笑みを向けてきた。

……そんな！　Aランクの魔物でも傷を負う威力だぞ⁉　なのに直撃して無傷なんて！

驚き目を見開く僕に、ネフィラはニヤリと微笑みながら声を上げる。

「ふふっ、やるじゃない坊や。少しだけ痛かったわよ」

「……くっ！」

「おっと、させないわよ」

僕が再びキャノンフラワーを実体化しようとすると、ネフィラは右手から黒い触手のようなものを伸ばし、僕の全身を縛り上げた。

「……がっ、あっ！」

凄まじい威力で僕を縛り上げる触手。

……くそっ、い、息が！

「ふふっ、その苦しそうな表情……たまらないわぁ」

「がぁぁぁぁ」

「ぐふっ、せいぜい苦しむがいい！」

「さぁ、ゆっくりおやすみなさい」

……くそっ！　くそー！　イヴ‼

ネフィラたちへと向ける視界が段々とぼやけてくる。そして――数瞬の後、ネフィラやヴォルデの笑い声を受けながら、僕の意識はなくなった。


目前で触手に巻きつかれながら意識を失う少年を目にしながら、ネフィラはふふっと微笑む。

「……少し驚きはしたけど、まぁ大したことなかったわね」

その呟《つぶや》きに呼応するように、ヴォルデが高らかに笑う。

「ぐふっ、こいつならワシでも余裕であったな！」

……まったく、この豚は誰のおかげで力を得たと思っているのかしら。

と、内心イライラしつつも、ネフィラはヴォルデを放っておくことにし、意識を目前の少年――レフトへと向ける。

「さて、とりあえず殺しはしなかったけど、この坊やはどうしようかしら」

「コレクションに加えてはどうだ！」

「確かに可愛《かわい》い顔してるし、ギフトも随分と個性的……それもありかしらねぇ」

「ぐふっ、そうすればワシも……」

と、二人が会話をしていると、ここで今まで口を閉じていたコニアが唐突に声を上げる。

「……お待ちください、ネフィラ様」

「あら、どうしたのコニア」

「あたしは、彼をここに生かして置いておいて、早く逃げた方がいいかと思います」

「……どういうこと？」

言ってネフィラはギロリと鋭い視線を向ける。その視線を受けながら、コニアは平静を装いつつ淡々と声を上げる。

「いくらネフィラ様の魔人形が強力とはいえ、あの数では火竜の一撃には敵《かな》わないかと思います。だから、一刻も早くこの場から逃げるべきです」

「持って帰ってはダメなのかしら？」

「そうすれば、きっと激昂《げきこう》して私たちの元へやってきてしまいます。なら、レフト君の看病をさせて、少しでも時間をかけさせ、逃げるべきだと思います」

ネフィラはコニアのことをじっと見つめた後、うんと頷く。

「……ふーん。ま、彼らと関わりの深いあなたがそう言うのなら、この子は放っておいてさっさと離れましょうか」

「い、いいのか!?」

「せっかくコニアがイヴを連れてきてくれたんだもの。……あなたもこんな坊やよりも、イヴを優先したいでしょう？」

「……ぐふっ、ぐふふっ、確かになぁ！」

「ネフィラ様」

「ええ、行きましょうか」

言葉の後、ネフィラが指を鳴らし——瞬間、触手が消え、レフトがバタリと地に倒れる音が響くのと同時に、コニアたちの姿もフッと消えた。


「レフト！　おい、レフト！」

「レフちゃん！　お願い起きて！」

「……んぁ」

その声に、僕は目を覚ました。

「レフちゃん！　よかった！」

すぐさまリアトリスさんが優しく抱きついてくる。

「……リ、リアトリスさん？」

それを受け止めながら、ぼーっと辺りを見回すと、火竜の一撃の皆さんが勢揃《せいぞろ》いで僕を心配そうに見つめていた。

「レフト！　身体は大丈夫なのか⁉」

「身体……？」

グラジオラスさんの声を受け、僕は段々と現状を理解しだす。

……そうだ。ネフィラという魔族に負けて、それで――

「イヴ！」

キョロキョロと辺りを見回した後、視線をヘリオさんへと向ける。

「ヘリオさん！　コニアさんが裏切って、それでイヴが……！」

「あぁ、攫《さら》われた」

「……ネフィラという女と戦ったんです！　でも女は魔族で、僕は負けて……！」

「落ち着け、レフト」

「なんでヘリオさんはそんなに冷静なんですか!?」

「冷静なんかじゃねぇよ」

「…………っ！」

「そう見せてるだけでな、俺自身の情けなさや、コニアさんへの失望で頭が今にも沸騰しそうだ」

言って、グッと唇を噛《か》むヘリオさんの姿を目にし、僕は段々と落ち着いてくる。

「……ごめんなさい、ヘリオさん」

「お前が謝ることじゃねぇよ。とりあえず、よく頑張ったな」

「……はい」

「……あと、レフトが無事でよかった」

「……はい」

そう言って頷きながら、僕は大声を上げて泣いた。


「落ち着いたか？」

「はい、もう大丈夫です」

「よし、なら今すぐ作戦を考えるぞ」

「はい！　あの、場所は……」

「斡旋《あっせん》所にすべき。何か証拠があるかもしれない」

「……確かにな、とりあえず向かうぞ」

「ええ」

言葉の後、僕たちは使用人斡旋所へと向かった。

斡旋所に到着した僕たちは、念のため全ての部屋を確認したが、これといった痕跡は見つからなかった。

リビングに集まり、席に着く。

辺りを見回せば、皆さん一様に難しい表情をしていた。しかしそれも当然か。

なぜならば、コニアさんに裏切られ、イヴが攫われ、さらには一刻を争う事態だというのに、彼らの居場所についてなんの手がかりも見つからないのだから。

と、そんな中で僕もウンウンと頭を悩ませていた。そしてふと、一つのことに思い至る。

……それにしても、なぜコニアさんは僕たちを裏切ったのだろうか。

恐らくではあるが、最初からネフィラたちとグルだった可能性は低いだろう。最初からだとすれば、イヴを狙っていたのに、わざわざ火竜の一撃を呼ぶのはあまりにもおかしい。

……なら、いつから？

彼らが接触したであろうタイミング、その理由等考えを巡らせる。そしてその中で、僕は一つの疑問を覚えた。

……まてよ、そもそもなぜコニアさんは、わざわざ少女たちを避難させた？

仮にイヴを、そして少女たちを狙う悪人だった場合、彼女たちを避難させず、斡旋所で集まっている時に襲撃した方が色々と上手《うま》くいくはずだ。

……であれば、少女たちには情があるけど、イヴだけは別だった？

いや、恐らくそれもないはずだ。

というのも、イヴは獣人であり、視覚以外の感覚が人より優れている。それは、例えば感情の機微についても同じであり、仮にイヴに対する情がなかった場合、イヴはそのことを早々に気づいてしまうはずだ。

そしてイヴのこれまでを思い返すも、コニアさんに対して不信を抱いているようには見えなかった。

……ならば、ならばだ。もしもイヴ含めた少女たちに今も変わらず情があるのだとして、なぜイヴを危険に晒《さら》すようなことをした？

「――それが、彼女を救う上で最善だったから……？」

「レフちゃん？」

唐突にポツリと呟いた僕に、皆さんが首を傾げこちらへと視線を向ける。

それに気がつくも、しかし僕は変わらず思考を進める。

……イヴを危険に晒す今回の行動が最善の選択になるのであれば、その場合にコニアさんが危惧したことはいったい……？

ここで僕は、ふと魔族の女ネフィラとの戦闘を思い出す。あの時、ネフィラは僕の最大火力を受けても、ケロッとした様子であった。しかしそんな彼女や、今回襲ってきた化け物の姿を思い起こすも、その戦力ではとてもではないが、火竜の一撃には敵わないだろう。

……それなら、なぜ皆さんと対面した時、ネフィラはああも平静だった……？

うんと頭を悩ませ、ここで僕はとある日の会話を思い出す。

「今回の件で白ってことはねぇよな？」

「さすがにない。もちろん可能性はゼロではないけど、いまだ疑わしいのは間違いない」

「ならあの余裕はなんだ？」

「仮に彼女を悪とするのなら、単純に私たちよりも高い戦力を保有している……？」

「そんなことありえるか？　驕《おご》るつもりはないが、俺たちが集まっていようと問題ないほど高い戦力なんて、そう簡単に集められるもんじゃねぇぞ？」

「ん。私たち全員が集まっても敵わない人族は、私の知る限りほとんど存在しない」

「確かに人族ならいないですよね。でも……」

「——そう、魔族含め、他種族が絡んでくるとなれば話は変わる」

「魔族……」


……火竜の一撃よりも高い戦力……魔族……そう、確かにネフィラは魔族だった。だがそれでも、リリィのような絶望感のある存在ではない。

……なら、仮にネフィラが、彼女以上の、それこそ火竜の一撃よりも高い戦力を持つ何かを有していたのなら？　もしコニアさんがその情報を掴《つか》んだとしたら？

「レフト、なんか思いついたのか？」

ここで、僕のことを静観していたヘリオさんが、そう声を掛けてくる。

「あの、コニアさんは本当に僕たちを裏切ったのかなって……」

「私もレフトと同じことを考えていた」

「マユウさん？」

「色々と考えたけど、裏切るにしてはあまりにも不可解な行動が多すぎる」

「……詳しく教えてくれ」

ヘリオさんの言葉を受け、僕は皆さんに僕の考えを伝えた。マユウさんも同じ意見が多かったようで、時折説明を付け足してくれる。

「――と、いうのが僕の考えです」

「なるほどな！　確かにレフトとマユウの考えも一理ある！」

「……でも、連れていかれちゃったら、居場所が掴めないよ」

「それは――」

確かにそれはそうだ。なら、どこかにその情報が……？

僕はうんと頭を悩ませ、ここでふと思いついたかのようにその言葉を口にする。

「――トゥレ・イース・ユー」

――その瞬間であった。

「……っ、なに⁉」

リビングにある本棚、そのうちの一冊が唐突に淡い光を放ち始めた。

「本が光ってるぞ！」

「あぁ、これは……」

皆さんが困惑する中、僕はゆっくりと本へと近づく。

「………」

そして本を手に取ると、ゆっくりと光っているページを開いた。

瞬間、僕の眼前に謎の幾何学模様が現れる。

「皆さん、これって……」

全員が僕の元へと集まり、その模様を見る。

「これは隷紋」

「隷紋……？」

「ん、基本的に奴隷商館の主《あるじ》が持つギフトの能力」

「商館の……つまり！」

「ん、恐らくコニアさんによるもの」

「………っ！」

「この隷紋に触れてみて」

「はい！」

マユウさんの言葉に従い、僕は隷紋に触れた。

「……うわっ！」

瞬間、何やら文字が浮かび上がった。

「これは……読みますね」

それがかなりの文章量であったため、言葉の後、僕はその文字をゆっくりと読んでいった。

「えっと……これを読んでいるということは、どうやらあたしにとって理想的に事が進んでいるのでしょう。まずは、ごめんなさい。きっとたくさん不安と迷惑をかけているはずです。だから先に一つ伝えておきます。あたしは決してあなたたちを裏切ったわけではありません」

「コニアさん……」

ホッと息を吐く皆さん。僕は言葉を続ける。

「順に説明していきます。まずは事の顛末《てんまつ》から。以前、一人で買い物に出た際、あの女、ネフィラが接触をしてきました。そして、こう言うのです。私たちに協力しなさい、さもなくばイヴ以外のみんなを殺すと。その際、あたしは火竜の一撃や騎士団の名を借りて、対抗できると伝えました。しかし、ネフィラは平静のまま、こう伝えてきました。私にはそれを上回る力がある……と。その話の詳細を聞き、私は協力するフリをし、なんとかその力が及ばないよう不意をつくことしか、あたしたちが生き延びる術《すべ》はないと判断しました」

「そんなことがあったのか……」

「……やっぱりレフちゃんが言ってたように、凄まじい何かがあるのね」

「続きを読みますね。――協力をする際、あたしは魔族の女の【堕化絡繰《だっかからくり》】という能力により、五感を監視されることになりました。これにより、私の全てがネフィラに把握され、裏切る素振りすら見せられないようになった……と、ネフィラは考えているはずです。あたしはここに好機を見出《みいだ》しました。……あの女が掌握したのは五感だけで、あたしの思考を読み取ることはできない」

「なるほど……」

ここでマユウさんが全てを理解したのか、言いながら頷いた。しかし他の皆さんはそうではなかったため、僕は話を続ける。

「あたしのギフトの能力【隷属化】は隷紋を刻み、そこに命令を書き込むことで、相手をそれに縛りつけることができます。それは人間に限らず、物相手であっても同様に。さらに隷紋を刻む際、その全てを思考の中で行うことができます。だから、視線をそちらに向けず隷紋を刻むことで、ネフィラにバレることなく、また不意をつける形で、情報を伝える手段を手に入れました。ただ、隷紋は刻んだ瞬間、淡い発光があります。それではネフィラにバレてしまうため、あたしは隷紋が発動するキーを設定し、それをあらかじめ会話の中で自然に伝えることにしました」

「……なるほどな、それがあの言葉だと」

「合言葉を口にすることで、あらかじめ設定しておいた文字列が浮かび上がる。それが今回あなたたちに情報を伝えられた経緯の全てです。……さて、少しでも信用してもらえるよう長々と書きましたが、ここで本題に入ります。まずはイヴとあたしたちの居場所です」

そこまで読んだところで、その下に表示してあった地図を皆さんとじっと見つめる。

そこは公都を出て少し進んだところにある、小さな森の中であった。

「ここは……建物なんてあったかしら」

「そんなもの、あればとっくに騎士団に見つかっているはずだ！」

「まぁ、大方偽装系の能力で建物を隠してるんだろう。なんせ、相手は魔族だ。常識が通用する相手じゃねぇ……っと、レフト、とりあえず続きだ」

「あ、はい！　えっと……次に魔族の女、ネフィラの能力について。彼女の能力は簡単に言うと、心が壊れた人間に種を植えつけることで、従順な化け物を生み出すというものです」

「……つまり、さっき俺たちが戦った化け物は――」

「ん。……思うところはあるけど、今は続き」

「はい！　……彼女が所有する化け物――魔人形の数は推定百体。そのうち、特に強力なのが三体います。その三体は間違いなくネフィラと対峙《たいじ》した際に現れますが、火竜の一撃であれば、問題なく対処できると考えています」

「ははっ、決定事項かよ」

「随分と簡単に言う」

「それだけ皆さんの力を信じているということですよ。……っと、続きを読みますね。――そして彼女の所有する……いえ、彼女が封印のありかを知っている化け物について。さすがに詳しくはわかりませんでしたが、ソレが皆さんをも超える圧倒的な力を有していること、そしてソレは彼女の管理下にあるわけではないため、すぐさま呼び出すことは不可能であることは確かです。つまり、彼女たちの不意をつけば、その化け物と相対する可能性はなくなります」

「俺らをも超える化け物か――」

きっと皆さんの脳内に浮かんだのは、全く同じ存在であろう。

――リリィ・レプリィレント。僕たちが絶望を抱くほどに、圧倒的な力を有した魔族である。

仮にそれと同等の化け物をネフィラが駒として有しているとすれば、確かにそれとの戦闘を避けるためにコニアさんが行動を起こしたのも理解できる。

「レフト、続きは？」

「はい、あと少しです。――とりあえずあたしが伝えられる情報は以上です。最後に、改めてたくさん不安にさせてしまい申し訳ありません。そしてどうかお願いです。イヴを、みんなを救ってあげてください。ネフィラにも、最大の脅威は簡単に呼び起こすことはできません。だから、不意をつける今なら、ソレを除外して事を進めることができます！　どうか、どうかみんなをよろしくお願いします。――以上です」

僕の言葉が終わった後、沈黙が起こった。しかしそれも一瞬のことで、すぐさま皆一様に力の入った表情になる。

「そんなことがあったんだな。……まぁ、言いたいことは色々ありはするが、とりあえず今は――

その覚悟を無駄にするわけにはいかねぇよな。……おいお前ら、準備はいいな」

「ん、大丈夫」「えぇ」「おう！」「はい！」

「早速で悪いが、行くぞ」

ヘリオさんのその言葉に、僕たちは再度うんと頷き、すぐさまリアトリスさんの力で、目的地の近くへと転移した。


小さな森のとある大きな廃墟にて、醜悪な見た目の男、ヴォルデ子爵が気味の悪いねちゃりとした声を上げる。

「ぐふっ、おいネフィラ！　も、もうやってもいいのか？」

対する妙齢の女、ネフィラは露骨にその表情を歪めながら口を開く。

「まだよ。イヴが目を覚ましてからにしなさい。でなきゃなんの意味もないでしょう？」

「ぐぐっ、もうそんな待ちきれないぞ！」

「ったく、うるさいわね！　あなたは私のおかげでおいしい思いをできてるのよ？　こういう時は文句を言わず素直にはいと言えばいいのよ」

「ぐぬぬ」

ギリッと歯を鳴らすヴォルデを一切気にも留めず、ネフィラは側にいた女、コニアへと声を掛ける。

「コニア、イヴをあそこの鎖につないでちょうだい」

「わかりました」

コニアはネフィラの言葉に素直に従い、まだ目を覚まさないイヴの首元を、頑強な鎖へとつないだ。これでもう彼女は逃げ出すことはできない。

「ありがと」

「いえ、とんでもございません」

目を伏せ、殊勝な態度を見せるコニアに、ネフィラは小さく息を吐く。

「どうせ口だけだと思っているだろうけど……今回の件に関しては本当感謝してるのよ。おかげでしっかりと準備をして、イヴの獲得に動けた」

「もったいないお言葉でございます」

「……だからこそ惜しいわ」

「惜しい……ですか？」

「あなた、私たちに協力するフリをして、何か企《たくら》んでいるでしょう？」

「……！　そんなことは――」

「あら、気づいていないと思った？　確かに私の能力では思考までは読めない。でもねぇ、やっぱり視線に出るのよ。イヴを思う気持ちが、溢《あふ》れんばかりの愛情が……」

「…………」

「残念ながら、あなたの願いは叶《かな》わない。ここからイヴを取り戻すことはできないわ。なぜなら――」

「……ッ！」

言葉の後、先端を鋭くした触手で、ネフィラはコニアの腹部を貫いた。

「――あなたはここで私のお人形になるのだから」

「……あぁ」

触手を引き抜くと、コニアの腹部から大量の血が流れ、彼女はバタリと地へ伏す。

その姿を見下ろしながら、ネフィラは余裕の表情を崩さぬまま口を開いた。

「……あなたが恨むべきは、イヴへの深い愛情かしらね。それを少しでも隠すことができれば、もしかしたら私にバレずにイヴを救えた、そんな未来があったかもしれないのに」

言葉の後、一拍置いて、再度ネフィラが口を開く。

「さぁて、何か言い残したことはあるかしら？」

ネフィラのその言葉に、コニアは気力で顔を上げ、彼女の方へと視線を向ける。そして口元から血を垂らしながら、ニヤリと笑みを浮かべた。

「――間一髪、私たちの勝ちさね」

「…………っ！」

コニアの言葉と同時に、ドンッという破壊音と共に廃墟の壁に穴が開いた。そしてそこから凄まじい速度でヘリオが近づき、炎を纏《まと》った拳でネフィラを殴りつけた。

ヘリオさんが開けた穴から、僕たちは廃墟の中へ入ると、視線の先に大量の血を流すコニアさんの姿があった。

「コニアさん!! マユウ、早く！」

悲痛な表情でリアトリスさんが駆け寄り、彼女の脈を測る。するとどうやら息があったようで、彼女に続いて近づいたマユウさんが、ポツリと呪文を唱えた。

「ん、【完全治癒《パーフェクトヒール》】」

瞬間、コニアさんへと大量の光が集まり、段々と傷が治っていく。そして数瞬の後、目に見える傷が全てなくなった。その姿に、マユウさんがうんと頷く。

「ん、これなら命に別状はない」

「よかった！」

僕たちはホッと息を吐く。……と、ここで――

「……ん」

「コニアさん！」

マユウさんの治癒のおかげか、コニアさんが目を覚ました。彼女は周囲を見回すと、ポツリと声を上げる。

「どうやら助かったようさね」

「よかった！　本当によかった！」

「色々と心配かけたね。……それよりもどうかイヴを助けてあげてほしいさね……」

「イヴはどこに!?」

「あたしが彼女を鎖につないだ後、ヴォルデがその鎖を引っ張って奥の部屋へ……」

「くそっ！　ヘリオさん！」

「ああっ！　グラジオラス！　レフトと一緒に奥へ！」

「おう！」

「くっ……なぜこの場所が……っ！　行かせると思う!?」

言葉と共に凄まじい形相のネフィラが、複数の魔人形を召喚して僕たちの行く手を塞いだ。

「ちっ！　リアトリス！　ならお前が――」

「ダメっ！　【転移】が使えないわ！」

「たぶん外にあった結界のせい。私たちの知るものとは大きく違うから、簡単に解除はできない」

「さすがに用意周到だな」

ポツリとそう呟きながらヘリオさんが頭を悩ませていると、ここで突然グラジオラスさんが声を上げた。

「レフト！　俺らが道を空ける！　だからその隙《すき》に向こうへ走れ！」

「グラジオラスさん……はい！」

「おい、ジオ！」

さすがにその展開を、しかもグラジオラスさんの案として伝えられるとは思っていなかったのか、ヘリオさんが驚きに目を見開く。しかしそんな彼と視線をぶつけながらも、グラジオラスさんは意見を変える気はないとばかりに、はっきりとした声音で断言する。

「ヘリオ！　それが今回の最善だ！」

「チッ、わぁったよ！　マユウ、リアトリス、やるぞ！」

「ほんとに？」

やはりマユウさん、リアトリスさんも不安そうな表情を浮かべる。それに対しヘリオさんは力強く声を上げた。

「普段あまり主張しねぇジオが、ああもはっきりと言うんだ。なら、大丈夫だ」

「そうね。不安は不安だけど……やりましょう」

「ん」

言ってリアトリスさん、マユウさんが頷く。そして――

「いくぞ！」

という声と共に、皆さんが一斉に魔人形と呼ばれた化け物たち、ネフィラと対峙する。

さすが火竜の一撃というべき華麗な連携で相手を崩していき、あっという間にスペースができる。

……今！

「……ッ！　今だレフト！」

ヘリオさんの声を浴びながら、僕はスペースに向けて走る。周囲を警戒しつつも、しかし皆さんに全幅の信頼を持ちながら走り、そして、遂に僕は無傷でスペースを抜けた。

「レフト、頼んだぞ！」

そのままイヴがいるという方向へと走り続けると、ここで後方からそんな声が聞こえてくる。僕はこれに「任せてください！」と力強く返すと、その勢いのままイヴの元へと向かった。


「あら、行っちゃった」

火竜の一撃の眼前で、ネフィラはレフトが走り去った方向に目を向けながら、しかしなんの危機感も抱いていない声音でそう言う。そして次にその視線を火竜の一撃へと向けると、顎《あご》をクイッと上げた後、彼らに声を掛けた。

「ほんとにいいの？　あの坊やだけで。さっきも私に手も足も出ず負けたというのに。ヴォルデも決して弱くはないし……これじゃ、無駄死によ？」

別に心配しているわけではなく、単に抱いた疑問を口にしただけの彼女の言葉に、グラジオラスは相変わらずの力強い声音で答える。

「ガハハ！　あいつなら大丈夫だッ！」

ネフィラがニッと口の端を上げる。

「……へぇ、信頼しているのね」

「ジオが言ったからってのもあるが、まぁレフトのことは信頼してるぜ。なんせあいつはこれまでも危機的な状況を柔軟な発想力で乗り越えてきたからな。きっと今回もなんか凄いことをやらかすような、そんな気はしてるわ」

「確かに。きっとレフトは驚くような成果を持ってきてくれる」

「その点に関して言えば、きっと皆同意見よね」

言って苦笑いともとれる表情を浮かべる火竜の一撃の面々に、ネフィラは相変わらず興味なさげな調子で口を開く。

「ま、なんでもいいわ。たとえあの坊やにイヴを取り返されても……こちらで火竜の一撃を全滅させれば、結局は目的を達成できる……ねぇ、そうでしょう？」

「おたくの場合はそうなるな。けどよ――させると思うか？」

言ってヘリオは獰猛《どうもう》な視線をネフィラへと向ける。対してネフィラは恍惚《こうこつ》の表情を浮かべた。

「いいわぁその視線。ゾクゾクするわ。……思わず一曲ダンスを申し込みたくなっちゃうほどに」

「ははっ！　お生憎《あいにく》様、予約で一杯でね」

「あら、一体誰が――」

「もちろん、俺の仲間たちだッ」

言葉と共に、ネフィラへ火球を放つ。凄まじい威力のそれは、しかし魔人形と呼ばれる化け物によって防がれてしまう。

「……ふふっ。そう、それは残念だわ」

「……チッ！　やりづれぇな」

――魔人形は、人間をもとにしている。コニアから得たその情報が引っかかり、ヘリオはその戦いづらさに思わず舌打ちをする。

その気持ちはやはり火竜の一撃全員に共通のようで、この後何度も攻撃を行うも、やはり魔人形に意識が向いてしまい、なかなか力を発揮できず攻めあぐねていた。

その姿を目にしながら、ネフィラは煽《あお》るように笑みを浮かべる。

「あら……どうやらヴォルデがお人形さんになったようね」

「……なっ⁉」

「ふふっ、坊やは……あら、随分と様変わりしたわね。ただ、どうやら防戦一方のようだけど」

「レフト！」

「あなたたちからしたら心配よね。でも、終わりよ。あなたたちはここで私に殺されるの。……深い深い絶望の中でね」

言葉の後、ネフィラが妖しい結晶のようなものを取り出すと、それを飲み込んだ。

瞬間、彼女の原形がなくなるほどに変化し……それが収まった時、彼らの眼前には魔人形と呼ばれる化け物と同じ形になったネフィラの姿があった。

その姿に、火竜の一撃の大半が苦い顔をする中、一人考えを巡らせている者がいた。――マユウである。

「マユウ、何かわかったのか？」

ネフィラから視線を外さずにそう問うヘリオ。その言葉に、マユウは呟くように思いついた考えを口にする。

「コニアさんの情報で、魔人形にするには種を植えつけると言っていた。なら、もしもそれをピンポイントで破壊したら……？」

その言葉に、ヘリオは頷く。

「確かに心臓とかに寄生するタイプだとちと厳しいが、種が単体で存在してるのなら、それを破壊すれば可能性はあるな」

言葉の後、一拍置いて再度口を開く。

「マユウ。解析はできるか？」

「ん、できる。ただ五分は欲しい」

「オーケー、五分だな」

「よろしく」

「ジオ、リアトリス、やるぞ」

「おう！」

「えぇ」

二人の返事の後、ヘリオは【竜化】した状態のまま、ネフィラの元へと飛んだ。

そうなれば当然他の魔人形が行く手を阻んでくるが、そこはリアトリスとグラジオラスによって抑えられた。

ヘリオがネフィラへと迫る。

「ふふっ、私単体なら勝てるとでも思った？　甘いわよ」

その言葉と同時に、ヘリオとネフィラが衝突をし――ここで力負けをしたヘリオが、後方へと投げ出された。

「………………ちっ」

「ヘリオ！　どうだ！」

「単体なら大したことはないな。ただ周りの魔人形がやっかいだな。あいつら込みなら間違いなく前回の魔族の男より強敵と言えるだろうな……だが」

ここで、後方で解析を行っていたマユウが、呟くように声を上げた。

「——解析完了。全ての魔人形の右胸に結晶が埋め込まれている。魔力の流れを考えれば、これを破壊すれば魔人形から元の人間に戻る」

「でかしたマユウ」

言葉の後、ヘリオはすぐさま一体の魔人形へと近づく。それを見たネフィラが、ヘリオへと攻撃を仕掛けるも、そこは【剛体《グラジラ》】を使用したグラジオラスと、マユウ、リアトリスによる攻撃により、完全に防がれた。

「……なんとしても死守しなさい！」

ネフィラの怒号にも聞こえるその声に、魔人形はヘリオの攻撃に応戦するも、やはり素体《そたい》の力量の差か、すぐさま懐に入られてしまう。そして魔人形の右胸にヘリオの人差し指が突き刺さった。

瞬間、何かが砕ける音が響くと同時に、魔人形が言葉とも呼べない悲鳴のようなものを上げ——そして数瞬の後、魔人形は元の少女へと戻った。

ヘリオはすぐさまその少女を抱えると、マユウの側まで運ぶ。

「……マユウ、あとは頼む」

「ん、がんばる」

言葉の後、マユウは少女の治療、ヘリオたち三人は次なる魔人形の対応へと移った。


いったいどれほどの時間が経過したのか。

少なくない傷を負うヘリオたちの眼前にはすでに魔人形の姿はなく、ただ一人ネフィラが立つだけになっていた。

「……せっかく集めたコレクションをよくも……」

言いながら、ネフィラは化け物となったその容貌でキッと鋭い視線を向けた後、ヘリオへと攻撃を仕掛ける。しかし――

「もう観念しろ」

たとえ魔人形となり力を増そうとも、ネフィラ単体ではヘリオの敵ではなく、簡単にいなされ、そして右胸へと攻撃を受けてしまう。これにより結晶が砕け散り、ネフィラは元の姿へと戻った。

「……ありえない……ありえないわ」

ネフィラは怨念《おんねん》のようにぶつぶつと、言葉を漏らす。

「火竜の一撃がこんなに強いなんて……あいつ、私に嘘を……？」

言葉の後、ネフィラはさらに口を開く。

「……いやよ、こんなところで終わりたくない。だから――」

そう言うと、力を振り絞るように懐から何かを取り出す。そして――「あなたたちに深い絶望を――」という言葉と共に、ネフィラはその姿を消した。

「……なっ⁉　転移の魔道具だと⁉」

ギフト以外では見たことがないそれにヘリオは驚きの声を上げると、マユウに居場所を探るよう頼む。しかし、マユウはすぐさま首を横に振った。

「無理。結界で居場所が掴めない」

「……くそっ」

「転移は距離に応じて魔力の使用量が増す。たとえ魔道具でもそれは変わらないと思う」

「……ならそう遠くへは行っていないか。うし、んじゃ俺がネフィラを捜しに出る。その間、マユウとリアトリスは少女たちの保護と回復を、ジオはレフトを助けに行ってやってくれ」

ヘリオのその言葉に皆頷き、彼らはそれぞれの役割を果たすべく、行動を開始した。

「……はぁ……はぁ」

転移の魔道具を使い、命からがら逃げ出したネフィラは、現在、息も絶え絶えの状態で公都の近くの草原を歩いていた。

その視線の先には、ガラナ山が聳《そび》え立っている。

「……火竜の一撃に……絶望を……」

すでに意識も曖昧な中、なおも呟くように声を漏らす。

「……あそこを登れば……封印を解けば――」

「――ねぇ、封印ってなぁに？」

唐突に響く楽しげな少女の声。その声に、ネフィラは絶望を感じた。

「リ、リリィ様……」

「うん、リリィだよ！　それよりも、ねぇねぇ、封印ってなんのことなのかな？　リリィその話知らない！」

「そ、それは――」

言い淀《よど》むネフィラであったが、ここでリリィが再び笑顔で問いかけた。

「ねぇ、教えてくれるよね？」

瞬間、ネフィラはたった今まで言い淀んでいたことが嘘であったかのように、説明を始める。

「ガラナ山の山頂付近にある小さな洞窟、そこに『暴食』の少女が封印されています」

「あれ？『暴食』ってヌラちゃんじゃないの？」

「ヌラ様は、呪印を有しておりません」

「そうなの!?　知らなかった！　でも納得だよ。だってずーっと思ってたもん。七魔侯のくせに弱いなーって」

「それは……同じ七魔侯のリリィ様だからこそ思えることです」

「んー、そうかなー？　ま、そんなことどうでもいいか！　それよりもその『暴食』の子だよ！　ねぇねぇ、どうしたらその封印って解けるの？」

リリィのその問いに、ネフィラは当然のように封印解除の方法を話していく。

「――そうすれば、解除できます」

「ふーん、案外簡単なんだなぁ。それならリリィでもできそう！」

言って楽しげな笑みを浮かべた後、すぐさま言葉を続ける。

「じゃあさじゃあさ！　もう一個質問！　それって誰に教えてもらったの……？」

「……」

「答えられない……ならリリィの力に対抗できる人かぁ。誰だろうな～」

「……」

「ふふっ。封印を解く方法は秘匿しないのに、誰かは秘匿する。何か面白い思惑がありそう！」

言葉の後、リリィは改めてネフィラへと向き直る。

「ねぇねぇ、ありがとねネフィラちゃん。おかげで面白いこととたくさん知れたよ！」

「滅相もございません」

「それでね、ネフィラちゃんにもう一つお願いがあるんだけど、聞いてもらえるかなー？」

「はい、私でよければ」

「本当？　ありがとう！　えっとね、リリィのお願いはね――」

リリィは満面の笑みを浮かべると、言葉を続ける。

「――ネフィラちゃんにはここで死んでほしい！」

そんな本来であれば目を見開くであろうその言葉に、ネフィラは至極当然とばかりに頷く。

「わかりました」

「ふふっ、ありがと！　そして、さよなら！」

言葉と同時に、リリィはネフィラの呼吸を止める。ネフィラはビクッと何度か身体を震わせた後、完全に息を引き取った。

「……これでよしと！　ふふっ、レフトくん喜んでくれるかな？」

リリィは恋する乙女のように頬《ほお》を赤らめながらそう言うと、楽しげな様子のままガラナ山へと向かった。

十一章　歪化

「ぐひっ……ぐひひっ……遂《つい》にこの時がきたぞ！」

ネフィラと火竜の一撃が戦っているその奥、大広間にて、ヴォルデは一人気味の悪い声を上げている。そしてその眼前には、鎖につながれ、檻《おり》に閉じ込められたイヴの姿があった。

「………ひっ」

ここまでの運搬中に目を覚ましたイヴは、自身が檻に入れられるまで何があったかについては記憶が曖昧であったが、しかし今敵の手の中にあることは理解していた。同時に、今檻の前で奇妙な声を上げるヴォルデにより、現在危機的な状況に陥っていることも。

「こ、来ないでください」

怯《おび》えながら、イヴは声を上げる。しかし、どうやらそれはヴォルデの嗜虐心《しぎゃくしん》を刺激するだけであったようで、ヴォルデはその笑みをより深いものにした。

「ぐふっ……すでにお前の身柄はワシが掌握している。だから大人しくこっちに来るんだ！」

「……やっ」

「ぐふっ……来ないなら、無理やりやるしかないなぁ」

そう言うと、ヴォルデは手に持っている鎖を力強く引っ張った。

その鎖はイヴの首元につながっており、抵抗をするも筋力で及ばず、イヴの身体は段々とヴォルデへと寄せられていく。

一歩また一歩とイヴは近づくことになり、そして数瞬の後、遂にヴォルデが触れられる距離まで寄せられてしまう。

「……ぐふっ、檻があるというのは色々と不便だが、これはこれで」

言ってじゅるりと、ヴォルデは滴り落ちそうになる涎《よだれ》を飲み込む。

「……ひっ」

その音に、イヴは再び震える。

ブルブルとわかりやすく怯えるイヴの姿に、ヴォルデは血流が速くなるのを感じる。そして、ここで遂に我慢できなくなると、ヴォルデは醜悪な笑みのまま、ゆっくりとイヴへ手を伸ばす。

「……いや……誰か助けて」

自身へ近づくヴォルデの手の熱を感じ、イヴはそうポツリと呟《つぶや》きながら身体を縮こませる。

そんな彼女へ、その願いも虚《むな》しく、遂にヴォルデの手が触れてしまう——ことはなかった。

「イヴ！」

突然広間に響き渡る少年の声。同時に、凄《すさ》まじい勢いの何かが、ヴォルデへと近づき——そして力強く肩へと噛《か》みついた。

……間一髪、なんとか間に合った。

「がぁぁぁぁぁ！」

ガブに噛みつかれ、悲鳴を上げるヴォルデを目にしながら、僕は小さく息を吐く。

とはいえ、安心はしつつももちろん警戒は解いていない。

ガブの噛みつきにより血を流しながらも、しかしすぐさま反撃しようと剣を抜こうとするヴォルデの姿を目にした僕は、ガブに「戻れ！」と指示をした。

ガブがヴォルデから口を離し、茎の部分を縮める。勢いよく伸びていた茎はみるみるうちに縮み、ほんの数秒でガブは元の姿へと戻った。

「ガブ、ナイスだよ」

ちらとそちらへ目を向けながらそう言うと、ガブから喜色が伝わってくる。

素直に喜ぶさまは通常とても可愛《かわい》らしいのだが……その口元が血まみれであることを考えると、今は単純にそうとは思えなかった。

「……フゥ……フゥ……」

荒い息遣いを耳にしてすぐさまそちらへ視線を戻すと、ヴォルデは肩から血を流し、血走った目を僕へと向けている。

「……お前は、あの時の小僧ッ！」

力強い声音でそう言いながら、ヴォルデは一歩二歩とこちらへ前進しつつ、荒い息を吐き続ける。

すると――いったいなんの力なのか、抉《えぐ》れていたヴォルデの肩が段々と元に戻っていった。

「傷が回復してる……？」

さすがにそれは予想していなかったため、僕は思わず目を見開く。

そんな僕の眼前で、完全に傷を癒《いや》したヴォルデは一度大きく息を吐くと、先ほどまでとは違い余裕のある笑みを浮かべた。

「……ぐ、ぐふっ！　やるじゃないか小僧。不意打ちとはいえ、このワシに傷をつけるとはな！」

言いながら、ヴォルデは片手剣を構えてみせる。その姿は、肥えたその肉体からは考えられないほどに洗練されており、隙《すき》が見当たらない。

「ガブ」

「……おっと」

ガブが攻撃しようとピクリと動く。しかしそれに合わせ、ヴォルデは剣を少しだけ動かし、牽制《けんせい》する。

……さすがに貴族なだけあるな。

今はどうかわからないが、この動きはやはり過去に剣術を習っていたのだろう。

それも貴族として習う剣術となれば、やはり相応の講師が付き、高いレベルで訓練してきたはずだ。

……やっぱり、普通に攻撃したんじゃ隙はないか。

そう思いながら、ヴォルデの動きを注視する。すると、その後方でこちらを心配そうに見つめるイヴの姿が目に入った。

僕は彼女に向け、安心させるように微笑《ほほえ》む。

「ぐふっ、ネフィラに簡単にいなされ、低いステータスしか持ち合わせないのに、ナイト気取りか？　小僧」

「ナイトか……確かに、憧れはするね」

ヴォルデの煽《あお》りともとれるそれを僕は素直に受け止め、ニコリと微笑む。

それが気に食わなかったのか、ヴォルデはさらに言葉を続けた。

「だが残念だ……先ほどは不意打ちで攻撃を受けたかもしれんが、あんなことは二度と起こらない。最後に残るのは無惨な小僧の亡骸《なきがら》と、その前でほくそ笑むワシの姿だけだ！」

「それはどうかな……ッ！」

言葉と共に、僕は一度ガブを収納しつつ、ヴォルデへと接近。そして間合いが狭まったところで、再びガブを実体化する。

「ガブ！」

単に名前を呼んだだけのそれに、ガブは応えるようにヴォルデへと攻撃を仕掛ける。

「甘いわ！」

茎を伸ばし、再び噛みつこうと接近するガブを、ヴォルデは剣を器用に扱いながら全ていなす。

……しかしそれは僕の想定内だ。

ガブが二度三度と縦横無尽な攻撃を仕掛けたところで、僕は爆裂草を実体化し、ヴォルデへと投げつける。

「ぐふっ……こんなもの！」

僕が投げた爆裂草を、ヴォルデは剣の腹で受けると、そのまま衝撃を与えないように後方へと流した。

隙を見て、ガブはヴォルデへと噛みつこうとするも、簡単な身のこなしにより避《よ》けられた上、振り下ろした彼の剣により、花弁に傷をつけられてしまう。

その間に爆裂草は弧を描いて飛び、ヴォルデより数メートル後方の地面に落ち、爆《は》ぜた。

僕とガブは一歩引き、ヴォルデの様子を窺《うかが》う。

……ダメだ、想像以上に隙がない。

先ほどの攻撃は確かに単調で読みやすいものだった。しかしガブと爆裂草のどちらも無傷で対応するとなると、そう簡単なものではないことは間違いない。

……でも、それをヴォルデは簡単にいなしてしまった。

一人で後方へと退避した以上、ヴォルデ自身がある程度の力を有していることはわかっていた。

しかし、それでもここまで高い腕を持っているとは、完全に予想外であった。

……ま、どちらにせよなんとかするしかないんだけどね。

とりあえずなんとか隙をついた攻撃を……ッ！

僕はそう思いギアを入れると、再びヴォルデへと接近する。

「ぐふっ、単調すぎるぞ！」

対しヴォルデはそう笑い、しかし冷静に剣を構える。

その姿を目にし、僕は再び爆裂草を実体化すると、ヴォルデへと投げつけ、同時にガブが攻撃を仕掛けた。

「もうヤケかぁ？」

ヴォルデは先ほど同様それらを冷静に対処すると、再び後方へと爆裂草を流す。

それにより爆裂草は円弧を描きながら地面へと接触……しなかった。

「ライム！」

僕の呼びかけに応じ、事前に実体化しガブへとくっついていたライムが爆裂草を受け止め、ヴォルデへと投げつけた。

「……ッ！　小癪《こしゃく》な！」

ヴォルデは後方へとちらと視線を向けると、爆裂草を思いっきり斬りつけた。そしてそれによって撒《ま》き散った毒の粉を吸い込むよりも早く、剣を振り下ろした勢いのまま向きを変えると、剣を持ち替え、それを振り下ろした。

……きた！

僕はこれを好機と、すぐさまとある植物を実体化する。――フィルトの木である。

「…………ッ！」

突然目の前に木が現れるのは想定外だったのだろう。驚いた様子のヴォルデであるが、しかし一度振り下ろした剣を引くことはできず、思いっきりフィルトの木を斬りつけた。――瞬間、響き渡る金属音。

「……ぐっ」

……さすがフィルトの木だね。

思いながら、手を痺《しび》れさせているヴォルデの懐へと入ると、剣を斬り上げた。

「……がっ」

これにより、腹部へ大きな傷が入る。……が、これではまだ終わらない。

追撃とばかりに、僕の指示を受けたガブは、茎を伸ばすと、すぐさまヴォルデの首元へと噛みつき、そのまま一部を食いちぎった。

「……んぐっ」

それにより凄まじい痛みが走ったのか、ヴォルデは苦悶《くもん》の表情を浮かべた後、バタリと地面へと倒れる。傷を負った部分に太い血管でもあったのか、かなりの血が流れ出し、血溜《ちだ》まりとなって地面を赤く染める。

その様子を目に収めながら「……ガブ、警戒」と言った後、僕はジッと倒れ伏すヴォルデの姿を見つめた。

ヴォルデは地へと伏したまま荒い息を吐き——次の瞬間、再び傷が塞《ふさ》がり始めた。

……いったいなんのギフトだ？

何か魔術を使った様子もなく、まるで制限などないとばかりに瞬時に傷を癒してしまう。少なくとも、僕の知る範囲のギフトにそのような力はない。

……いや、とにかく今は。

カラミヅルを複数実体化し、それをヴォルデの上へ落とす。

衝撃により、カラミヅルはヴォルデへと絡みつこうとし——しかし、対象が倒れているからか思うように絡みついていかない。

その間にヴォルデはどんどんと回復していき、遂にはその傷を完全に癒した。

ぐぐっと立ち上がろうとするヴォルデ。しかしその瞬間、中途半端に絡みついていたカラミヅルが、隙間ができたことで、ガッチリとヴォルデに巻きついた。

逃れようと必死にもがくヴォルデだったが、そのたびにまた別のカラミヅルが巻きついていき、
そして——

「制圧完了……かな？」

遂には身動きが取れなくなったヴォルデを目にし、僕はそう呟く。

……カラミヅル一本では大したことがなくても、複数本絡めばCランクの魔物でさえ身動きが取れなくなることは実証済みだ。仮にヴォルデのステータスがそのレベルだとしても、これだけ大量の血を流した状態じゃ、抜け出すことはできないだろう。

……あとは警戒しつつ少し様子を見るか。その間に皆さんが来てくれればいいけど。

と、警戒しつつもそんなことを考えていると、ここで先ほどまで静かだったヴォルデが突然笑い声を上げた。

「……ぐふっ、まさかこうもやられるとは。小僧、なかなかやるではないか」

「それはどうも」

「だが……ッ！」

ここで、唐突にヴォルデが力《りき》み始めた。それと同時に、彼の周囲に漂うオーラ。

……これは！

「【身体強化】!?　……ッ！」

ぶちぶちと音が鳴り出すカラミヅルに、僕は少し後退し、剣を構え直す。

目前のヴォルデは段々とカラミヅルの拘束を剥《は》いでいき、数瞬の後、完全に抜け出してしまった。

……おいおい、ただでさえあんな【自己再生】するギフトなんて見たことないのに、その上で

【身体強化】を使ってくるなんて。

　決して気を抜いていたわけではなく、単にそんなギフトが存在するなんて予想していなかったのだ。

　……しかも、あれだけ血を流したのに弱った様子が全くない。自己再生の時のあの一瞬で血すらも回復するのか？　化け物かよ。

　内心そうひとりごちながら、キッと鋭い視線を向ける。

　ヴォルデはその視線を受けながらも、余裕を見せながら声を上げた。

「ぐふっ……どうだ小僧！　絶望したか⁉　ワシはまだ本気ではなかったのだ……ッ！」

　言葉と共に、ヴォルデはその肉体からは想像できないスピードで僕へと肉薄し、剣を振り下ろしてくる。

「……ッ、……ッ！」

　僕はそれを幾度となく受け流す。その間に、隙を見てガブが首元に噛みつき、再び噛みちぎる。

　しかし――

　……嘘《うそ》でしょ⁉　再生速度も上昇してる⁉

　ヴォルデが負った小さくない傷も、先ほどとは比べものにならない速度で回復してしまった。

　……これはまずい！

　僕は汗をたらりと流しながら、ヴォルデの剣を受けていく。

しかしやはり防戦一方の状態では全てを受け切ることは難しく、ここでヴォルデの斬り上げにより、僕の両腕が打ち上げられた。

……しまったッ！

「ぐふっ、これで終わりだ！」

言葉と共にヴォルデは剣を振り下ろす。

僕はすぐさま「フィルトの木！」と声を上げると、眼前にフィルトの木を実体化する。しかし

——

「舐《な》めるな！」

ヴォルデは再び言葉と共に、剣を振り下ろす。それにより、先ほどは剣を弾《はじ》いたフィルトの木に剣筋が走り、その後方にいた僕含め斬り裂かれてしまった。

「レフトくん！」

今まで静観していたイヴが、ここで悲痛な叫び声を上げる。

「……ッ！」

僕はすぐさまガブに指示を出し遊撃させると、数歩後方へと下がった。

「……はぁ……はぁ」

息が荒ぶる。ドクンドクンと心臓の鼓動が強く感じられるのと同時に、腹部から少なくない血が流れ出す。

……でも、フィルトの木のおかげで重傷ではない。

「ライム、お願い」

僕が痛みに耐えながら弱々しい声音でそう言うと、僕の肩にいたライムが下級ポーションを複数使用してくれる。これにより、腹部の傷は完全に消滅した。しかし、失った血は元には戻らないからか、僕の視界が少しだけ霞《かす》む。

その姿に、ヴォルデはこちらを蔑《さげす》むように大きな笑い声を上げる。

「ぐふっ……フラフラじゃないか。やっぱり想像通り、そのステータスじゃ、そのギフトじゃ、魔物頼りな現状じゃ、ワシは倒せない！　ナイトにはなれない！」

僕の心を折るようなその言葉に、僕は自嘲《じちょう》するように小さく笑った。

「――似たようなことを別の魔族にも言われたよ。非戦闘職と同じステータスだって、放置でいいって」

ここでいったい何度目か、僕はリリィの言葉を、あの時の情景を思い出す。

――対面する絶望から告げられる残酷な現実と、敵《かな》わないんじゃないかと思わせるほどの圧倒的な差。

……普通なら諦めてもおかしくないような状況に何度も遭遇した。

「なら、なぜ諦めず戦おうとするんだ？」

心底疑問だとばかりにそう口にするヴォルデに、僕は自嘲とは違う柔らかい笑みを浮かべ、言葉を返す。

「――憧れた背中が教えてくれたんだ。人を救うことの尊さを。諦めないことの強さを。そして僕の目指す先を」

「救う？　諦めない強さ？　……ぐひっ、戯言《たわごと》だな！　それは強者にしか許されない代物だ！」

「わかってるよそんなこと。……思っているだけじゃ、単なる努力だけじゃ辿《たど》り着けないような、本物の強者だけが目指す先だって」

……別に僕だって力が全てだと思っているわけではない。力を有していなくても、心で誰かを救うことはできることを、諦めず努力をして得られる何かがあることを僕は知っている。……でも、それは僕の目指す先ではない。それだけの話だ。

「――僕は彼らのようになりたい。その思いは紛れもなく確かだ」

「ぐふっ……今まで誰も教えてくれなかったんだろう。ならワシが教えてやる。……それは夢物語だ！　小僧にはどう足掻《あが》いても目指すことのできない夢物語だ！」

言葉と共に、僕へ醜悪な笑みを向けるヴォルデ。その確信じみた笑みに、僕は言葉を返す。

「夢物語なんかじゃないさ。……同じように悩んで、高みへ登った人が言ってくれた。頭を使えば、僕なら壁を越えられる。楽勝だって」

「子供をあやすための方弁だろう！」

「違うよ。あの目は、真《ま》っ直《す》ぐなあの瞳は、確かにできるってそう伝えてくれていた」

そう言った後、僕は一拍空けて再び口を開く。

「だから僕は目標に近づくために、壁を越えるために何が必要なのかを考えて——ひとつの答えを得た」

ライムが僕の頭上に乗る。

「答え、答えか……どれ見せてみろ小僧！」

まだ僕を侮り余裕を見せるヴォルデに、僕は獰猛《どうもう》な笑みを浮かべ、口を開く。

「ちょうど実験体が欲しかったところなんだ。だからありがとうヴォルデ」

「…………ッ！」

僕の言葉に、ヴォルデがピクリと眉をひそめる。その姿を目にしながら、僕はポツリと呟くように声を上げる。

「いくよ、ライム」

そして言葉の後、僕は意を決してその名を唱えた。

「歪化《カオスモード》」

——瞬間、ライムがドロリと溶け、僕の全身を覆っていく。

「……ぐふっ！　何かと思えば。……スライムを纏《まと》う、それが答えか小僧⁉」

嘲笑《ちょうしょう》するヴォルデを無視し、僕は次々と植物を実体化していく。

「フィルトの木、カラミヅル……実体化」

そして実体化して現れたそれらを、ライムが瞬時に覆い、体内へ取り込んでいく。

……植物の【吸収】、【分解】完了。あとは――

「これで締めだ！　ライム、【融合】！」

僕の言葉を受け、ライムは先ほど取り込んだ植物と僕、そして自身の【融合】を開始した。と同時に、僕の体表にフィルトの木を主成分とした、漆黒の鎧《よろい》が現れ出す。

「……なっ！　鎧だと⁉　小僧いったい何を――」

そう言いながら慌ててこちらへ攻撃しようとしてくるヴォルデだが、その行く手はガブによって阻まれる。

その隙に、ライムは【融合】を進める。脚、胴、腕と、順々に鎧に覆われていき、右手に中空で円錐台《えんすいだい》型の大きな装飾がついたところで、僕の強化は完了した。――そう、今までならば。

……これはぶっつけ本番だ。

僕はそう覚悟を決めると、先ほどネフィラの使用する触手に着想を得たそれを実行するべく、力強く声を上げる。

「ガブ！」

声に反応し、ガブが僕へと顔部分を近づけてくる。そして遂に手が届く範囲まできたところで、僕はガブへ触れて収納。すぐさま僕のすぐ後ろに実体化した。そして――

「【融合】」

僕の言葉と共に、ガブがライムへと取り込まれる。同時に【融合】が開始され――数瞬の後、ガブの姿は僕の背から生えるような形で現れた。

（ご主人たま！）

（ご主人！）

【融合】し、一つになったことで、僕の脳内にそんな声が響き渡る。

最初に声を掛けてきた舌ったらずなのがライム、そして僕も初めて聞くが、次に聞こえてきた凛々《りり》しい声音がガブのものだろう。……にしても。

（ガブって女の子なの？）

（おう！　そうだぜ！）

（……そうだったんだ）

脳内に響く声からまさかと思ったが、どうやら女の子だったらしい。ちなみに以前確認したのだが、どうやらライムも女の子のようだ。

……植物型魔物って難しいな。

そう思い、内心微笑む。

と、そんな念話と呼ぶべきか、ライムとガブとの意思疎通のほどを確認していると、僕の眼前でヴォルデはワナワナと震えていた。

「魔物と【融合】だと⁉　小僧、正気か……⁉」

「正気……ではないかもね。きっと僕の行動は猟奇的だと思うよ」

――ライムたちと【融合】する。

もちろん正しく元に戻れるという確証があるから実行しているのだが、確かに普通の人間ではこれを試そうとすら思わないだろう。たとえ確証を得ようと、一度自身の肉体の一部を曖昧にしなければならないのだから。

だからきっと、これは猟奇的な行いなんだろう。

「でも、強くなるために、目標に近づくために僕が出した答えがこれなんだ。……それは誰にも否定させない」

力強い声音と共に、僕はキッとヴォルデを睨《にら》みつける。

「……さぁ決着をつけようか、ヴォルデ」

……なんか、いつもより強気になっているような気がする。

言葉と共にそう思った僕は、内心その理由を探る。

……そっか、ガブと融合したからか。

恐らくこれがガブの性格、気質なのだろう。それが【融合】したことで、僕の精神に影響を与えたと、そんなところか。

……これはある意味好都合だね。

緊張して縮こまっていては力を十全に発揮できない。それと比べれば、多少性格が横柄になろうとも、こと戦闘においてはこちらの方がきっといいだろう。

全身を高揚感が包む。

思わずそれに身を委ねてしまいそうになるが、僕は冷静さを忘れずにヴォルデの様子を窺う。

ヴォルデは僕の強気の発言を受けてか、かなり苛《いら》ついているように見える。そしてその感情のままに声を上げる。

「ぐふっ……まぁいい！　スライムやマンイーターと【融合】し、単に防御力が上がっただけだろう！　ならば、なんの問題もない！」

そう言うと、ヴォルデは【身体強化】を発動し、凄まじい速度で僕へと迫る。

そしてその勢いのままに剣で斬りつけ――僕はそれを紙一重で躱《かわ》す。

その余裕のある僕の行動に、さらに僕の周りに漂うオーラに、ヴォルデは大きく目を見開く。

「なっ……【身体強化】だと⁉」

「ガブの力だよ」

（おう！　ようやく使えたぜ！）

そう。実はガブを図鑑に登録した際に記載があったのだが、どうやらガブは【身体強化】のスキルを有しているようであった。

そしてこれはガブのみなのか、マンイーター全てに共通するのかはわからないが、ガブの保有する魔力の少なさから今まで【身体強化】を使用できずにいたのだ。

まさに宝の持ち腐れといったところか。

それが今回【融合】したことで、使用できるようになった。それはつまり【融合】とは僕たちが一つになることであり、故に魔力やステータス、そして様々な固有能力においても、まるで元々一つの個体であったかのように使用できるということである。

……ははっ、これはいいや。

【身体強化】によって強化されたステータスをもろに感じ、改めて戦闘系スキルの強さを実感しつつ、ここで攻撃に転じることにした。

僕は一度右手の円錐台型の飾りを消すと、右手で剣を手に取り、目前のヴォルデへと振り下ろす。

体勢が少し崩れていたヴォルデは受け流さず、それを剣の腹で受ける。

ギリギリギリと金属同士が擦《こす》れる音が響く。

……よし、力負けしてない。

内心でガッツポーズをしつつ、僕はさらに力を込めようとし——しかしここでヴォルデがふっと力を緩めたため、僕の体勢が崩れる。

……大丈夫。なんの問題もない。

そんな、本来なら窮地となるような場面で、僕の背にいるガブが、特に指示を受けずとも動き出し、ヴォルデへと攻撃を仕掛けた。

「…………チッ」

ヴォルデはガブをいなすと、数歩後退する。

……やっぱり指示をしなくていいのは楽でいいや。

そう、今の攻撃は僕自身なんの指示も出していない。しかし、動き出したガブのそれは、僕の想定通りの行動であった。なぜか。

……簡単なことだ。身体が【融合】し、一つの生物のようになっているということは、つまり思考すらも共有しているということである。それは言い換えれば、僕が指示を出さずともガブは僕の望む行動を理解できるということである。

「……化け物め」

言いながら、ヴォルデは忌々《いまいま》しげにこちらを睨みつけるが、やはり【身体強化】の影響か、それともガブの精神の影響か、これといって威圧感を感じることはない。

「褒め言葉として受け取っておくよ」

「…………ッ！」

ヴォルデが再びこちらへと肉薄する。対し僕も一歩前へ出ると、振り下ろされたヴォルデの剣を受け流す。

頭に血が昇っていたのか、これにより体勢の崩れたヴォルデの懐へ、僕は右手を近づける。同時に先ほど消した円錐台型の装飾を再び纏わせると、その先端をヴォルデの腹部へと当てる。そして

「……食らいな」

言葉と同時に、僕は右手にキャノンフラワーを実体化する。それはライムによりすぐさま取り込まれ、その実《み》だけ装飾内部に装填《そうてん》される。と同時にライムが実に衝撃を与え――瞬間、凄まじい轟《ごう》音《おん》と共にキャノンフラワーの種が発射された。

「…………んぐぅ」

種はその勢いのままヴォルデの腹部へと衝突する。

その凄まじい破壊力に、耐えながらもジリジリと後退していくヴォルデ。

そして数瞬の後、キャノンフラワーの種は、身体強化をも破ってその身体を貫通した。

「…………がぁぁぁ」

恐らく腹を焼けるような痛みが走っているのだろう、ヴォルデの顔に玉のような汗が滲《にじ》んでいる。

……けど、手は休めないよ。

ヴォルデの一番の脅威は、あの謎の自己再生能力である。

そこに何か制限はあるのか、魔力を使っている様子もないことから、その全容が見えない。故にそれは圧倒的な脅威であり、このままではジリ貧が続き、いずれ僕の魔力が尽きてしまう。

「だから……ここでケリをつける」

僕は小さくそう呟くと、腹部を押さえ苦しむヴォルデへと爆裂草をぶつけた後、再びキャノンフラワーの種を射出した。

それはグングンと加速しながらヴォルデへと近づき……しかしぶつかるよりも前に、突然発生した衝撃波により、その威力を殺されてしまった。

「……今度はなんだ！」

慌てて後退し、ヴォルデの様子を窺うと、俯《うつむ》く彼の手に怪しく輝く宝石のようなものがあることに気がつく。

「……ぐ、ぐひっ。本当は使いたくなかったが……致し方ない」

ヴォルデはそう言うと、突如それを飲み込んだ。

「…………ッ！」

瞬間、膨れ上がる魔力。そしてそれを表すかのように、ヴォルデの身体がボコボコと変形をしていく。それはヴォルデの原形がなくなるまで続き、そして数瞬の後、僕の目前にはネフィラの操っていた化け物と同じ異形の者となったヴォルデの姿があった。

「……まじかよ」

思わずそうひとりごちる。しかしそう呟いても仕方がないほどに、眼前のヴォルデは先ほどまでとは威圧感が違っていた。

そして同時に、思わず舌打ちをしたくなる出来事があった。

……くそっ、そろそろ限界か。

それは歪化《カオスモード》による弊害——意識の混濁である。というのも、歪化《カオスモード》は本来一つでないものを強引に融合させており、それにより複数の意識が僕の脳内に存在しているような、そんな歪《いびつ》な状態なのである。故にそれは現状では長時間扱えるようなものではなく、あくまでも一時的な強化という扱いである。にもかかわらず、今日は今までよりも倍以上の時間この状態をキープしている上に、普段は僕とライム二つの意識であるのに対し、今日はガブも含めた三つの意識が存在している状態である。意識が朦朧《もうろう》としだしても致し方ない状況といえよう。

……それでも、なんとかこの場を乗り切らなきゃ。

たとえ唐突に強化されたヴォルデ相手であろうとも、イヴを救うためにはやるしかないのだ。

「ライム、ガブ、もう少し頑張ろうね」

(わかった!)

(おう!)

心強い声が脳内に響く。その声に僕は小さく微笑むと、フーッと息を吐き、気合いを入れる。

「……ぐ、ぐぶぶ」

目前で、化け物になったヴォルデの口元が円弧を描く。

その不気味さに思わず弱気になりそうになるも、僕はグッと気を張る。

……僕のギフトがハズレではないと証明するために、大好きなあの人たちの背中に追いつくために——何よりも、苦しんでいる一人の少女を救い出すために。

……絶対に乗り越えてみせる。

僕は一人気合いを入れると、力強くグッと地面を蹴った。

頭がごちゃごちゃになるようなたくさんの出来事を経て、今私の眼前で、レフトくんがヴォルデ子爵と戦っています。

……頑張って、レフトくん。

私を救おうと戦う彼を想《おも》い、心の中でそう願う……けど、目に見えずとも私は理解してしまいます。このままでは、レフトくんに勝ち目はないと。

それはレフトくんの力が足りないというわけではありません。

歪化《カオスモード》という言葉の後、パワーアップをしたレフトくんの力は、間違いなく化け物になったヴォルデ子爵を上回るものです。

では、なぜレフトくんが追い込まれているのか。

その理由は、あるタイミングを境に、レフトくんの動きが精彩を欠くようになったからです。

……頑張って、頑張ってレフトくん！

私には何もできることがないから、だからせめて応援だけでも——そう考えて、私はふと思いました。

……本当に、できることはないの？

今目の前でレフトくんがピンチなのに、本当にただ祈ることしかできないの？

「そんなことはない。絶対にできることはあるはず」

私はそう思い、地面に手を触れると、都合良くちょうどいい大きさの石があることに気がつきました。

……これを投げて、ヴォルデ子爵に当てれば――

思い立ったらすぐ行動と、私は狙いを定めてヴォルデ子爵へ当てようと試みます。けど――

……だめっ、当てられない。

いくら獣人として優れた五感を持っていても、目の見えない私には、ヴォルデ子爵だけに当てるビジョンが思い浮かびませんでした。

……やっぱり私は祈ることしかできないの？

目の前でレフトくんが私を救おうと戦ってくれていて、私のせいでピンチに陥っているというのに。

――もっと私に力があったら。

ふと、そんな夢物語のようなことを考えてしまいます。

――たくさん欲しいわけでも、強いものが欲しいわけでもなくて、ただこの状況を打開する力を。

そんな考えが脳内に浮かぶ中、ここで私はふとレフトくんの言葉を思い出しました。

「ギフトの意味と可能性……」

すなわち『神眼』の可能性……『神眼』で今私ができること。

ありもしない空想ではなくて、私が持つ力を最大限活用する。

うんと頭を悩ませます。

……『神眼』……【時渡り】……ランダム……ランダム……？

ここで私は、ふと思いました。

今まで漠然と、【時渡り】はランダムで未来の可能性を見せてくるものだと思っていました。でも、本当にそうなのか……と。

もしもそうではなくて、自身の望むタイミングで、望んだ未来の可能性を見ることも可能なのだとしたら。

……試してみる価値はありそうです。

私は祈るように両手を合わせ、いつも未来を見ている時のことを思い出します。

……【時渡り】が起こる時は、宙に浮いているような、そんなふわふわした感覚で……。

思いながら、その時の感覚を掴《つか》もうとします。でも、やっぱりどうしても上手《うま》くいきません。

それでも諦めずに続けていると、ここでふとある情景が浮かんできました。

——それはギフトを与えられた日、私がお母さんに捨てられたあの日の情景。

幼い頃から頻繁に暴力を振るってきたお母さん。でも私は、自分が盲目でろくに仕事もできないから、だから仕方がないことだと必死に耐えてきました。

……辛《つら》かったけど、それでも十歳になってギフトを手に入れれば、そうすればきっとお母さんに認めてもらえる。

その一心で耐えて耐えて、それでも現実は残酷で、私が手に入れたギフトは目に関するものだった。

――いったい何度思ったことか。もしも『神眼』以外の力を得られていたらって。

それは別に英雄になりたいだとか、誰かを救いたいだとか、そういう夢物語からくるものではなくて……ただ、お母さんに愛してほしい……それだけだった。

だって、たとえ何度暴力を振るわれようと、口汚く罵《ののし》られようと、それでも私にとってたった一人の家族だったから。

でも、結局お母さんは私を愛してくれることはなくて、「あんたなんて産まなければよかった」という言葉と共に、私を殺そうと刃物を持ち出して――

……なんで今こんなことを思い出したんだろう。

私の中で、一番辛くて苦しい思い出。

それを今思い出したのは、きっとお母さんが好きとか嫌いとかそういうことではなくて、私が『神眼』というギフトを嫌いになって、何も期待を抱かなくなったきっかけだから。

……それからずっと『神眼』に良い感情はなくて、でもこの前レフトくんとお話をして、初めて考えが変わりました。

確かに『神眼』も一つの要因として、お母さんに愛されなかった過去があるのは間違いありません。

でもそれと同時に『神眼』だったから、コニアさんやみんなと出会えたのもまた私の身に起こった事実なのです。

……考え方ひとつで心持ちは変わる。

私はあの時の会話を再び思い起こしました。神様の話とか、ギフトの話とか、とにかくたくさん話したけど、難しくてよくわからなかったレフトくんのお話。……でも今の私には、その意味がわかるような気がします。

……私の、私だけのユニークギフト。今まで全く向き合うことなく、ずっと嫌っていた私だけのギフト。

私は再び祈りを始めました。

それは今までとは違って、初めてちゃんと『神眼』と向き合って行った祈り。

……もしもレフトくんの言葉通り、『神眼』を得た意味を、神様すら知らない可能性があるというのなら。

「お願いします『神眼』さん、何もない私に少しだけ力を貸してください」

『神眼』と向き合い、『神眼』の可能性を信じてそう強く願った——その時でした。

（今回だけよ、宿主さん）

――――え……？

唐突に脳内に響く、心地のよい女声。

そして同時に――私の【時渡り】が、起こりうる可能性のある未来を、私に見せてくれました。

――薄暗い廃墟《はいきょ》で戦う満身創痍《まんしんそうい》な二つの影。そのうちの一方、全身を黒い鎧で包んだ同年代の少年が、剣をもう一方の化け物の右胸へ突き刺す。その瞬間、何かが砕けるように妖しい光が舞うと、少年の前で倒れ伏す身体の大きな男が現れ――ここで映像が途切れました。

私の心臓がどくどくと早鐘を打ちます。

……これはもしかして……レフトくんが勝利した未来？

私にはレフトくんがどんな容姿なのかはっきりとはわかりません。それでも、状況を考えれば、私が視《み》た情景はまぎれもなく今のものです。

……ありがとうございます、優しいお姉さん。

私はそれを視せてくれたであろう声の主に心の中で感謝をすると、目前で勇敢に戦うレフトくんへ、大きな声で伝えました。

「レフトくん！　右胸です！　そこを突き刺せば、全てが終わります！」

突然の私の声に、きっとレフトくんは驚いたことでしょう。それでも、レフトくんはすぐさま

「右胸――ありがとう、イヴ！」と言うと、まるで私に全幅の信頼を寄せているかのように、一切

の疑いを見せずに、右胸へと攻撃を仕掛けました。

ヴォルデ子爵にとってやはりそこが急所だったようで、露骨にそこを庇《かば》うようになりました。その影響で子爵の動きはわかりやすくなり、先ほどまで劣勢だったレフトくんが一転して子爵を追い込む形になっていきました。

……また、まただ。

その姿を感じながら、私の心臓が再びとくんと鳴りました。

先ほど視た可能性。そこに出てきたレフトくん。柔らかそうなふわふわで美しい金色の髪に、整った容貌。

——年齢が違う。身長も違う。顔つきも違う。それでも、私は確信しました。

ずっと大切にしていた未来の情景。

……あれは、レフトくんだったんだね。

目前で、遂にレフトくんが子爵の右胸に剣を突き刺します。これにより、妖しい光が爆ぜ、元の姿に戻ったヴォルデ子爵が地面へと倒れ込みました。

目では見えないけど、しかし五感で感じたその情景に、私は頬《ほお》が熱くなるのと同時に、一つの大きな決意を固めました。

エピローグ

一体どれほどの時間が経過したのか――。僕はふと目を覚ました。

日の光の眩《まぶ》しさに目を凝らしながら、状況確認のために慌てて周囲を見回すと、ここが見知った建物であることに気がつく。

「……斡旋所《あっせんじょ》。ということは、みんな無事だったのかな」

記憶を整理しつつ視線を下げると、僕の足元でベッドを枕にして眠っている一人の少女の姿があった。

「……イヴ。よかった、無事だったんだね」

目前で尻尾をゆらゆらとしながら、だらしない表情で眠っている彼女の姿に思わず微笑《ほほえ》みを浮かべていると、ここでイヴがピクリと両耳を動かす。どうやら目を覚ましたようである。

「うにゃ……」

寝ぼけているのだろうか、イヴはそう謎の声を上げながらボーッと周囲を見回し――僕と目が合う。

「おはよう、イヴ」

「おはようござ――にゃっ!?」

イヴはいつものように挨拶をしようとするが、ここでようやくはっきりと目が覚めたのか、猫のような声を上げながら驚いた表情になる。

「レフトくん！　目が覚めたんですね！」

言いながら、イヴは慌てて僕の側《そば》へとやってくると、僕の身体をペタペタと触ってくる。

「怪我《けが》は……もう大丈夫なんですか!?」

「うん、身体を動かしても特に痛みもないし大丈夫だと思うよ」

「よかったです……」

言ってホッと息を吐くイヴ。その表情を見て、僕はなんとなく思ったことを口にする。

「なんか憑《つ》きものが落ちたみたい」

「……ん？　どうかしましたか？」

「いや、なんでもないよ。それよりも僕はどのくらい寝てたの？」

「えっと、丸二日……でしょうか」

「そんなに!?」

「はい、だから凄《すご》く心配で……あっそうだ！　皆さんにレフトくんが目を覚ましたって伝えてきますね！」

イヴはそう言うと、すぐさま部屋を出ていった。

「あ、うん。よろし……行っちゃった」

先ほどのイヴの表情はとても明るいものであった。いや、確かに今までも明るい子ではあったのだが、なんというか、醸し出す雰囲気に悲哀の念を一切感じなくなったのである。

……この様子だと、皆さん無事みたいだ。

そんなことを考えながらボーッとしていると、突然ドタドタと地響きのような音が聞こえてくる。その音は段々と大きくなってくる。そして——遂《つい》にバタンと部屋のドアが開くと、リアトリスさんが凄《すさ》まじい勢いで僕へと飛びついてきた。

「……れぶぢゃん!!」

「リアトリ……ぶっ！」

リアトリスさんに抱きつかれ、その豊満な胸に顔が埋《うず》まる。

「よがっだ、ぼんどうによがっだよー！」

言いながら、リアトリスさんが子供のように泣き出す。

「……ぷはっ！　ふふっ、ありがとうございます」

「よう、レフト。目ェ覚ましたんだな」

「ガハハ！　おはようレフト！」

「レフト……大復活」

「ヘリオさん、グラジオラスさん、マユウさん！　皆さんが無事で本当によかったです！」

「俺たちよりもお前だレフト！　あの時お前の姿を見た時はヒヤヒヤしたぞ！」

「……あの時……あ、そうだ。あの後どうなったんですか？」

「あの後か……ここで話してもいいが、あいつらもお前と会いたいだろうからな。とりあえずリビングの方へ行くぞ」

「あ、はい！」

「……立てるか？」

「えっと、リアトリスさんが離してくれれば……」

小さく笑いながら僕がそう言うと、珍しくヘリオさんが吹き出し、それに釣られるように皆さんが笑い……その声に、ようやく平和な日々が戻ってきたんだなと、僕は強く実感した。


あの後リビングへ向かうと、斡旋所の少女たちが僕を迎えてくれた。

皆、騎士団に保護されていたはずだが、どうやら僕が眠っている間に斡旋所へ帰ってきていたようだ。それぞれがそれぞれの方法で僕の回復を喜んでくれる中、ここでりゅーちゃんが僕に話しかけてきた。

「れふとくん、りゅーちゃんしんぱいしたんだよ」

「ごめんねりゅーちゃん心配かけて。でももう大丈夫だよ！」

言ってニコリと微笑むと、りゅーちゃんも微笑み返してくれる。

「あのね、りゅーちゃんきしだんさんでたくさんがんばってね、たくさんほめられたんだよ」

「おお！　さすがりゅーちゃんだね！」

「それでね、りゅーちゃんね、きしだ――むー」

と、りゅーちゃんが何かを言おうとしたところで、その口をミサさんが塞《ふさ》いだ。

「ミサさん？」

「楽しく話していたのにごめんね？　この子がまだ内緒にしなきゃいけないことを話しそうになってね」

「内緒に……」

「大丈夫よ。とても嬉《うれ》しいお話だから」

「よかった。では話してくれる日を楽しみにしてますね」

「ええ！　きっと近いうちに話せると思うから、楽しみにしてて」

「はい！」

言葉の後、何か仕事があるとのことで、ミサさんはりゅーちゃんを抱えてリビングを離れていった。

と、そんなこんなで皆さんとお話ししていると、ここでようやくリビングにいるのが僕たち火竜の一撃とイヴだけになった。

「さてと、んじゃそろそろあの日のことを話すとするか」

「はい、お願いします」

こうして僕は事の顛末《てんまつ》を聞いた。

あの日、ヴォルデを倒した僕は、イヴを檻《おり》から出そうと彼女に近づき、その途中で力尽きて倒れてしまったらしい。そこを、ネフィラとの戦いを終えたグラジオラスさんに保護され、すぐさまマユウさんの治癒を受けたようだ。

問題のダメージについては、結論から言うとそこまで大きな怪我はなかったが、魔力の消費が大きかったことと、三つの意識が混在しながら必死に耐えていたことから、目を覚ますのに時間がかかってしまったとのことだ。

「……ジオから話は聞いた。歪化《カオスモード》のこと。確かにレフトの目標にはこの力が必要になるのかもしれない。けど、正直おすすめはできない」

「それは……そうですね。正直僕もあれの危険性は強く感じています」

「ん、でも使うなということではない。今回みたいな無茶をしないでほしい……それだけ」

「はい、肝に銘じておきます」

と、そんな会話の後、ヘリオさんによるあの日の話が再開される。

まずは敵のこと。

ヴォルデについては、屋敷の件を解決した後、すぐに駆けつけてきた騎士団により、逮捕、連行されたようだ。今回の件だけでも十分罪は大きいが、それまでの余罪についても複数の疑惑があるということで、恐らく死刑になるとのことである。

次にネフィラについて。彼女は転移の魔道具を使用して逃げた後、ガラナ山付近の草原で死亡が確認されたようだ。

道中に大量の血痕があったため、死因は出血死……と思いきや、どうやら違うようだ。

「それがな、死因は窒息死らしい」

「窒息死……ですか？」

「あぁ、だが付近にも奴の体内にも、窒息の原因となり得るものは見つからなかったみたいだ」

「それは……不可解ですね」

「あぁ。ま、その件は騎士団が調査するみてぇだからな、とりあえず俺らは続報を待つだけだ」

「了解です！」

「あとは魔人形になった子たちの件だが……マユウ」

「ん。結論から言うと、生存者はゼロ」

「ゼロ……ですか」

「そう。レフトがヴォルデにやったように、私たちも魔人形から人間へと戻した……それでもダメだった」

……マユウさんの治癒能力でも助からない。つまりは人間へと戻した段階で、すでに事切れていたのだろう。

それは決してマユウさんの責任ではないのだが、やはり治癒を主として活躍している彼女にとって、救えなかったという事実はかなり辛《つら》く苦しいもののようだ。

そんなマユウさんに、しかし僕は言葉を掛けられずにいると、マユウさんは力強い声音で言う。

「もっと鍛える。みんなを救えるように」

「マユウさん！　はい！」

そんなやり取りの後、いくつかの話を聞いていき――ここで僕は今まで思いつつも口にはしていなかった事柄について尋ねることにした。

「それであの……コニアさんは――」

「あぁ、コニアさんか。あの人なら――」

と、ここで斡旋所入り口から、ドアを開ける音が聞こえてくる。次いでトストスとこちらに近づいてくる音が響き――数瞬の後、リビングに大柄な女性が姿を現した。

「――ただいま……ってレフト君。目を覚ましたのかい！」

「コニアさん！」

「よかった、本当によかったさね」

「ご心配をおかけしました」

言って頭を下げると、コニアさんは複雑な表情で口を開く。

「いや、謝るのはあたしの方さね。改めて、たくさん不安にさせて、そして怪我までさせてしまってすまなかったね」

「いえいえ！　確かにその瞬間は不安でしたが、それはイヴやみんなを思っての行動だってわかっていますから。怪我についても、コニアさんのせいではありませんよ。ただ僕が火竜の一撃のメンバーとして精一杯戦った結果ですから。むしろコニアさんのおかげでさらなる脅威と対峙《たいじ》せずに済んで、感謝したいくらいですよ」

「……ありがとねぇ、レフト君。確かにあの行動は皆を思ってのものさね。でもね、どんな理由でも守るべきイヴを、手を差し伸べてくれたあんたたちを悲しませたことに変わりはない」

「コニアさん……」

言葉の後、リビングに沈黙が走る。

しかしそれも一瞬のこと、すぐさまコニアさんが言葉を続ける。

「……だからもう、そんなあたしにイヴと共にいる資格はないさね」

「コニアさん」

と、ここで今まで口を閉ざしていたイヴがコニアの名を呼ぶと、衝撃的な言葉を続けた。

「……私、レフトくんと一緒に行きたいです」

「イヴ……」

唐突なイヴの言葉に、きっと嫌われてしまったんだなと、コニアさんはなんとも言えない微笑みを浮かべる。

「ごめんなさいね。あたしが一瞬でも裏切ったばかりに――」

「違います。コニアさんのことを嫌いになったわけではありません」

一拍置いて言葉を続ける。

「……コニアさん、私知ってるんです。同じ奴隷商館には、三年以上いられないことを。だからもし別の商館に行くことになったら、いやそれ以前に誰かに買われることになったら、きっとコニアさんと会えなくなる」

「イヴ……」

「私、それだけは絶対に嫌です。だって、私にとって、コニアさんは絶対嫌いになんてなれない、お母さんのような人なんだから」

優しく、しかし力強いイヴのその言葉に、とうとう堪《こら》えきれなくなったのか、コニアさんが涙を流す。

その姿を優しく見守りながら、ヘリオさんが口を開く。

「レフトは……まぁ衝撃的だろうが、実はあの日の夜、イヴから事前に相談を受けてたんだ。……今イヴが話した内容に関してな」

一拍置いて、話を続ける。

「……まぁ元々面倒は見切れないからと買うのを断っていたんだが、さすがに今みたいな強い思いを聞いて、無下にすることもできなくてな。俺たちは考え、んで一つの結論に至った」

ヘリオさんはここでなぜか僕へと視線を寄越すと、ニッと笑みを浮かべながら口を開いた。

「なぁレフト。……学園に入学する気はないか？」

「…………へ？」

「場所はここ公都で、名前はランターナ学園。んで試験はだいたい三カ月後で――」

「ちょ、ちょっと待ってください。えっ、学園に入学……？　それで名前がランターナ……って、大陸五大学園の一つじゃないですか！　そ、そこに僕が……!?」

「落ち着けレフト」

「……ふー。すみません、落ち着きました」

「うし」

「それで、先ほどの話でどうして学園に入学するという話に……？　確かにランターナ学園レベルなら安全性は高いとは思いますが……」

「あぁ、実はな、そのランターナ学園の学園長が俺たちの知り合いでな。そいつがビビるぐらい強いんよ」

「ヘリオさんくらい……？」

「いや、それ以上だ」

「そんなに⁉」

「ま、かなりの年ではあるからな。年の功ってやつだ。……んでそいつのギフトが守りに特化したやつでな、学園内はそいつの結界に包まれている」

「つまり……」

「あぁ、そこにいりゃ俺たちの側にいなくても安全ってわけだ」

「なるほど……」

「ほら、以前話していたろ？　レフトの安全を確保する術《すべ》はある。けどまだ時期じゃねぇって。それがこれでな。だからまぁ、あれだな。これは元々考えていたことで、イレギュラーによって入学が一年早まることになった……そんだけのことだ」

「一年早まるって、つまり飛び級ということですか⁉」

「ま、そうなるな」

「やばいですよそれ」

「大丈夫、大丈夫。元々学力的には問題なかったしな。あとは戦闘力だが、それも今回でクリアだ。なんの問題もない」

「……むー、ヘリオさんがそう言うのなら、きっと大丈夫なのでしょう。でも、これじゃ僕の安全は確保できても、イヴはできませんよ？」

「忘れたのかレフト。学園に入学する貴族はメイドや執事を一人付けて通うだろ？　あの枠にイヴを置けばいい」

「……確かにそれなら問題なさそうです」

「だろ？　んで、どうするレフト。今後俺らも指名依頼で一時的にここを離れることもあるかもしれねぇ。で、それがもしSランクレベルであれば、必然的にレフトには街で待機してもらうことになる」

「確かに……そうなると、どこか安全な拠点を確保する必要がありますね」

「だろ？　その候補が、ランターナ学園ってわけだ。ま、そもそも受かるかどうかってのもあるが、ここに飛び級で入学することなんてそうそうできないことだからな。きっと刺激的な学園生活になると思うぜ」

　ヘリオさんの言葉、イヴの思い、そして今後の僕について考え——僕はすぐさま結論を出した。

「……ヘリオさん、僕ランターナ学園を受験してみます」

「ははっ、レフトならそう言うと思ったぜ。……うし、そうと決まれば受験勉強だな！　レフト、やれるか？」

「はい！　頑張ります！」

　力強く返事をした後、僕はイヴへと声を掛ける。

「イヴ、手伝ってくれる？」

「はい！　レフトくんが合格できるよう、全力でサポートします！」

笑顔でそう言うイヴ。そんな彼女を優しげな表情で見つめていたコニアさんが、気合いを入れた様子で口を開く。

「よし！　あたしもそれまでの間に、イヴに色々と叩《たた》き込むさね！」

「お願いします、コニアさん！」

イヴの言葉にコニアさんが笑顔で頷《うなず》き——こうしてあっという間に僕たちの今後についての重要な話が終わった。

そして月日は経《た》ち、三カ月後。

これまで斡旋所で過ごしていた僕たち火竜の一撃だったが、試験を三日後に控えたこのタイミングでイヴを連れてここを離れることになった。

荷物を全て片付けた僕たちは、名残惜しさを感じながら室外へと出る。

すると、僕たちの出発を見送るべく、コニアさんと少女たちが続いて外へと出てきた。

僕たちの眼前にいる少女たちは——実はその数を大きく減らしており、ミサさんやりゅーちゃんの姿すら見当たらない。

というのも、今回の騎士団への避難の際、少女たちの勤勉な様子から、彼女たちを雇いたいと騎士団から正式に要望があったのである。

これにりゅーちゃんたちも了承をしたことで、彼女たちは晴れて騎士団所属となり、一カ月ほど前に斡旋所を離れたのである。

……あの時ミサさんがりゅーちゃんの口を塞いだのは、まだこのことを表に出せないからだったんだよね。実際そのことを知り、いざ彼女たちが離れるとなった際はかなり寂しかったのだが、まぁ同じ公都内にいるのだ。いつでも会いに行けると、今はただ祝福の気持ちで一杯である。

と、そんな感じで数が減った少女たち、コニアさんと共に僕たちは出発前最後の会話をする。

たまには会いに来てねという少女たちに、もちろんと返す。これは決して嘘《うそ》ではないし、同じ公都にいる以上、そう難しい話ではない。

だからか別れを惜しみつつも、僕たちの表情は晴れやかであった。

――と、ここで。僕たちが乗車予定であった馬車が、斡旋所の前へやってくる。つまり……もうお別れだ。

僕たちは再度言葉を交わすと、ヘリオさんから順に馬車へと乗り込んでいく。

そして最後、僕とイヴが乗る番になったところで、唐突にイヴがコニアさんたちの方へと向き直った。そして――

「みんな、本当にたくさんの、本当にたくさんの愛を与えてくれて、ありがとう！」

言葉の後、コニアさんへと視線を向ける。

「私を見つけてくれて、愛情たっぷり育ててくれて本当にありがとうございました！　また、定期的に会いに来ます。だから――またね、お母さん！」

「イヴ！」

その言葉に、コニアさんは大粒の涙を流しながらイヴへと走り寄ると、力強く抱きしめた。

こうして感動的な一幕の後、僕たちは馬車へと乗り込み、次なる目的地へと向かった。

目的地へと向かう道中。客車内にいる僕とイヴの眼前で、疲れてしまったのかリアトリスさんとマユウさんがくっつくようにして眠っていた。

「……眠ってしまいましたね」

「ふふっ、そうだね」

「レフトくんは眠くないんですか？」

「うん、僕は全然だよ」

言って僕が頷くと、イヴはなんだか楽しげな様子で口を開いた。

「レフトくん、外の景色ってどんな感じですか？」

「賑《にぎ》やかで楽しい街並みに、雲ひとつない青空……かな」

「凄いです。たった十数文字の言葉なのに、なんだか情景が浮かんでくるようです」

そう言った後、イヴはポツリと呟《つぶや》くように言葉を続ける。

「……一度でいいから、そんな楽しくて美しい景色をこの目で見てみたいです。……ふふっ、なんだかレフトくんといれば、そんな夢物語のような願いが、いつか叶《かな》うような気がします」

言葉の後、柔らかく微笑むイヴ。そんな彼女の首元には、使用人の証《あかし》である黒いチョーカーはすでに存在していない。今回の件で安全が確かなものになるため、必要ないとコニアさんが取ってしまったのだ。つまり彼女は世間一般で言うところの、奴隷という立場ではなくなった。自由になったわけだ。

……だからこそ、彼女のもう一つの鎖を――

僕はそんな強い思いを胸に、これから共に歩むことになるイヴへ、宣言するように言った。

「僕が必ずイヴの目を治すよ」

「そんなことできるんですか……？」

「エリクサーという薬を使えば可能だよ。けど、エリクサーは世には出回らないし、なんとか材料を集めても、作成が成功する確率はゼロに近い」

「それは……」

「――でも僕の植物図鑑なら、一度登録さえすればいくらでも材料を生み出すことができる。それなら何度失敗しようと、近いうちに必ず作成できるよね」

「……ふふっ。それなら、なおのことレフトくんの側にいなくちゃですね」

「嫌かな？」

「嫌なんて思いませんよ。むしろ――」

と、ここまでイヴが言ったところで、僕たちは唐突に視線を感じ、正面を向いた。

するとそこには、いつの間にか起きていたリアトリスさん、マユウさんの姿があり――「「じー………」」とこちらへジト目を向けていた。

「いつの間に起きて……!?」

思わず声を上げる僕の眼前で、二人がポツリと言葉を漏らす。

「なんかいい雰囲気」

「私たちが寝ている間にそんな、そんな……」

「「ずるい！　私たちも交ぜて！」」

言葉の後、二人が僕とイヴへとまとめて抱きついてきて――こうしてなんともリアトリスさんたちらしい雰囲気と共に、イヴを巡る騒動は幕を閉じた。


――数カ月後。

「ふーんふっふふーん」

ガラナ山という比較的標高の低い山、その山頂付近に、鼻歌を歌いながら歩く少女の姿があった。

――リリィである。

「……うーん、ここらへんだと思うんだけどなぁ」

リリィはまるでピクニックをしに来たかのように楽しげな様子のまま、周囲を散策する。

そんな彼女の道程には、夥《おびただ》しい数の血痕があった。その側には原形を留《とど》めていない肉塊がいくつも落ちているのだが、それらの大半は、世間ではSランクと呼ばれる最高レベルの化け物のものであった。

しかし、リリィはそんなものには目もくれず、にこやかな笑顔のまま散策を続ける。そして数瞬の後、彼女は遂に目的の場所へと辿《たど》り着いた。

「ようやく見つけた！」

にこやかにそう言うと、リリィはなんの躊躇《ちゅうちょ》もなく、その目的地――化け物が封印されし洞窟へと足を踏み入れる。

そのままどんどんと進み、道中に遅いかかる魔物を倒し、彼女はようやく最奥へと辿り着く。

「ふー、結構長かったなー。でも――」

言いながら正面へ視線を向けると、そこには黒く濁った数メートルサイズの結晶があった。

「ふふっ、あとはこれを――」

その結晶を目にし、満足げな表情を浮かべた後、彼女はネフィラに教わった方法で、これまたなんの躊躇《ためら》いもなく封印を解除する。瞬間、地響きがし始める。

「……ふふっ、できた！　これで、また楽しいことになりそうだね。……ね、レフトくん」

リリィは楽しげにそう言うと、封印の先にいるソレなどどうでもいいとばかりに、洞窟から離れていった。

こうしてリリィの無邪気な行いにより、世にソレが放たれた。これにより、近いうちに再びレフトが騒動に巻き込まれることになるのだが——この時のレフトは、知るよしもなかった。

side リティナ　リティナと二人の師

レフトとの婚約解消の後、日々の修練に励む中で、私は行き詰まりを実感する。

学業に関しては問題ない。すでに国内最高峰のネモフィエラ学園の受験生と、同等の知識は有しているから。

なら、一体なにが問題なのかといえば、実技——いわゆる剣術や魔術である。

というのも、戦闘に関することで現状私が教わっているのは、魔術の理論や剣術の基礎となる剣の振り方ばかり。実際に誰かに師事し、直接的な戦闘訓練を行ったことは一度もない。

レフトは十歳になる前から剣術を習っている。なのになぜ私に師がいないのか。


理由は二つある。

一つは、お父様が直接教えてくれるから。

お父様は優れた剣才の持ち主で、自分が暇な時に私の修練をしてくれる。

とはいってもお父様は多忙な人。当然、直接指導なんて一カ月に二度あればいい方であり、現状は自習のような形で剣を振るばかりとなっている。

二つ目はお父様以外に私に教えられる人がいないから。

私たちビーバナム家の治める町はそこまで大きくはない。それでも町は活気が溢《あふ》れているし、純粋に戦闘力の高い人ならばたくさん存在する。

ならばなぜ、私の師となる存在がいないかといえば、ひとえにその人たちが平民だからである。

平民も貴族も関係ないと思うかもしれないが、残念ながらお父様たちは内心で平民を見下している節がある。

だから、いくら私が平民でも全く問題がないと思っても、お父様が許してくれないのだ。

こんなことで、ネモフィエラ学園に合格できるのか。

そう思う人もいるかもしれないが、残念ながらというべきか、ネモフィエラ学園入学に必要なのは学力と、非情ではあるがギフトの内容――つまりは才能である。

私のギフトを考えれば、勉強さえ頑張れば学園入学はまず間違いない。ならばそれ以降に本格的に戦闘を学ぶというのも、決して悪い方法ではない。

しかし……それでは間違いなく、目標である学園の首席は狙えない。

ならばどうするか。

当然剣術や魔術の師となる人物を探すべきではあるが、残念ながら私にそのような人脈はない。

加えて基本的に一人で家の外に出ることを許されておらず、探しに行くことも叶《かな》わない。

……仕方がない。ここはお父様に相談しよう。

私はお父様の元に赴くと、国内最高峰のネモフィエラ学園に入学し、首席を取りたいこと、そのためには早々に戦闘力を鍛える必要があることを伝える。

もちろん、学園首席を獲得したい理由……レフトのことは話さない。

実力主義のお父様は、普段あまり主張をしない私が明確に目標を言ったからか、ひどくご機嫌な様子で、すぐさま用意すると言ってくれた。


——一週間後。

お父様から、週二日教えに来てくれる人が見つかったと聞かされる。そして初対面の機会は二日後に設けられているようである。

「よかった」

私はふぅと息を吐き、一人小さく微笑《ほほえ》む。

これで再び成長できる！　という喜びと共に、一体どんな人物が来るのかと若干の不安を覚えながら迎えた当日。

公務のため、お父様たちはお迎えできないということで、庭で一人待っていると、遠方から馬車がやってくる。

馬車はゆったりとしたペースでこちらへと近づいた後、家の前で停車。

次いで客車の布が揺れ、中から金色の長髪を持った女性——いや、少女と言った方が正しいか——が降りてくる。

師というにはかなり若い女性である。金属製だろうか、光沢のある薄めの鎧《よろい》に身を包み、腰にはいかにも高級そうな剣を挿している。

「ふふっ」

金髪の女性はこちらへと目を向けると、おっとりとした整った容貌に柔らかい笑みを浮かべる。

優しそうな人……と思っていると、続いてもう一人降りてくる。

まず目についたのは燃えるように真っ赤なミディアムショートの髪。そしてそこに浮かぶ勝ち気な表情である。

身体つきから女性とわかるが、パッと見ではどちらか判断がつかないほどに中性的な容貌をしている。

年齢は金髪の女性と同じくらいか、こちらもやはりかなり若く見える。

そんな赤髪の女性は馬車から降りると、私の存在に気づいたのか、こちらへと視線を向け「お、やっほーリティナ！」と言って、快活な笑みを浮かべた。

金髪の女性が口をあんぐりとした後、ハッとした様子で口を開く。

「シ、シネラ！　初対面の相手に向かって呼び捨てとはなんですか！　もう少し礼儀正しくいきなさい！」

「んー？　別にいいでしょ。ね、リティナ」

突然話を振られたことに驚きながらも、私は頷《うなず》く。

「は、はい。私は構いません」

「ほらー！　ネリネは頭が固すぎるんだよ！　やーい！　堅牢《けんろう》の流麗姫ー！」

「……んなっ！　そのあだ名で呼ばないでといつも言ってるでしょう！　というよりも、そもそも私は正しいと思ったことを言っただけで――」

到着してわずか数十秒にして突如勃発《ぼっぱつ》した言い争い。

想定外の事態に、私が困惑していると、シネラと呼ばれた赤髪の女性がはっとした様子で声を上げる。

「あ、ごめんごめん。んじゃ、早速自己紹介といこうか」

言って親指で自身の方を指しながら、鋭い犬歯を見せつつニッと笑う。

「あたしはネモフィエラ学園高等部魔術師科二年三席、シネラ・ローダンセ。よろしく！　そして――」

「私が同学園高等部騎士科二年次席、ネリネ・シーマニアです。よろしくお願いしますね、リティナさん」

――二人の若き師。まさかこの二人との関係が今後数十年と続く特別なものになるとは、この時の私は予想だにしていなかった。

MFブックス

最強異端の植物使い 2

2023年2月25日　初版第一刷発行

著者　福寿草真
発行者　山下直久
発行　株式会社KADOKAWA
〒102-8177　東京都千代田区富士見2-13-3
0570-002-301（ナビダイヤル）
印刷・製本　株式会社広済堂ネクスト
ISBN 978-4-04-682204-8 C0093

企画　株式会社フロンティアワークス
担当編集　齋藤 傑／齊藤かれん（株式会社フロンティアワークス）
ブックデザイン　AFTERGLOW
デザインフォーマット　ragtime
イラスト　匈歌ハトリ

本書は、カクヨムに掲載された「最強異端の植物使い～外れスキル『植物図鑑』のせいで幼馴染と婚約破棄になったけど、チートスキルだと判明したので無双する～」を加筆修正したものです。

ファンレター、作品のご感想をお待ちしています

宛先
〒102-0071　東京都千代田区富士見2-13-12
株式会社 KADOKAWA　MFブックス編集部気付
「福寿草真先生」係 「匈歌ハトリ先生」係

使い潰された勇者は
二度目、いや、三度目の人生を
自由に謳歌したいようです
あかむらさき
Akamurasaki
イラスト：かれい
最速で最強を手に入れる方法を知ってるか？
そう、それは「草むしり」だ!!
STORY
地球生まれの異世界育ちの元勇者が、貧乏貴族の三男ハリスに転生!?
でもこの少年、実家から追い出された大問題児だった……。
獲得したすべての経験値を自由に振り直せるスキル『やりなおし』を見つけ、
「草むしり」で効率的に経験値を稼ぐ日々。三度目の人生を気ままに生きようとするも、
公爵令嬢の側仕えとしてお屋敷に住み込むこととなり——
MFブックス新シリーズ発売中!!

膨《ぼう》大《だい》な魔力を使って自由に生きる！
STORY
病弱で辛い日々を送っていたニコラは、
武器のサーバント・カタリナに
契約を破棄され死にかける。
ところが目覚めるとなぜだか彼は健康体で、
魔法も使えるようになっていた。
健康になった少年の、魔法を研究しながら
自由を謳歌する生活が始まる！
武器に契約破棄されたら健康になったので、幸福を目指して生きることにした
Since I became healthy after the contract was canceled from the weapon, I decided to live with the aim of happiness
嵐山紙切
Arashiyama Shisetsu
イラスト：kodamazon
MFブックス新シリーズ発売中!!
MFブックス

戦闘力ゼロの商人
～元勇者パーティーの荷物持ちは
地道に大商人の夢を追う～
異次元領域に物を保管できる《倉庫》スキルとアイデアを駆使して商売繁盛!?
3人目のどっぺる
Sanninme no Doppel
イラスト：Garuku
魔王討伐後に勇者パーティーから追放された元荷物持ちのアルバスは、最弱の魔物にすら苦戦するほど弱かった。手切れ金として渡された僅かな資金や、知識と経験を活かした仕事で食いつなぐ日々を彼は送るが、とある村の薬草農家を救う妙案が功を奏し——。
MFブックス新シリーズ発売中!!
MFブックス

モノクロウサギ
MONOKURO USAGI
イラスト：岩本ゼロゴ
1
怠惰の王子は祖国を捨てる
～氷の魔神の凍争記～
最強の所以《ゆえん》は、異次元の凍結魔法
敗戦濃厚の戦地で本隊を逃がすための殿《しんがり》部隊を任された『無能王子』のルト。ルトが率いるのはたった五十三人の兵士たち。万に一つも勝ち目はないと思われたが、ルトには隠し続けてきた恐るべき切り札があった——。
MFブックス新シリーズ発売中!!
MFブックス

みつばものがたり 1
呪いの少女と死の輪舞《ロンド》
七沢またり イラスト:EURA
STORY
ぼんやりとした異世界の記憶と、呪いの力を宿して永い眠りから覚醒したミツバ。彼女のやりたい放題な生き様は、怖くて——痛快!? 継母の策略で貴族家を追い出され、士官学校に放り込まれたミツバの運命は——?
狂気と踊れ。
MFブックス新シリーズ発売中!!
MFブックス

神様のミスで異世界にポイっとされました
I Was Thrown Out To Another World Caused By God's Failure.
〜元サラリーマンは自由を謳歌する〜
でんすけ
densuke
イラスト：
長浜めぐみ
STORY
神様のミスで異世界へ飛ばされた
元サラリーマンのコウ。
彼が神様からお詫びに
授けられたのは、
若返りと魔法能力だった。
彼は三年間魔法を鍛え続け、
規格外の魔法使いとなって
異世界ライフを
堪能していくが……!?
3年間鍛えに鍛え上げた魔法で
元サラリーマンの
魔法師は
我が道をゆく!!
MFブックス新シリーズ発売中!!
MFブックス

「こぼれ話」の内容は、
あとがきだったり
ショートストーリーだったり、
タイトルによってさまざまです。
読んでみてのお楽しみ！

アンケートに答えて著者書き下ろし「こぼれ話」を読もう！

よりよい本作りのため、
読者の皆様のご意見を参考にさせて頂きたく、
アンケートを実施しております。

奥付掲載の二次元コード（またはURL）にお手持ちの端末でアクセス。

↓

奥付掲載のパスワードを入力すると、アンケートページが開きます。

↓

アンケートにご協力頂きますと、著者書き下ろしの「こぼれ話」がWEBで読めます。

- ●PC・スマートフォンに対応しております（一部対応していない機種もございます）。
- ●サイトにアクセスする際や、登録・メール送信時にかかる通信費はご負担ください。
- ●やむを得ない事情により公開を中断・終了する場合があります。